ヨロコビ・ムカエル？

小野正嗣

白水社

目次

カバー写真　広瀬達郎
ブックデザイン　仁木順平

ヨロコビ・ムカエル？

4場

［登場人物］

男
女
ヨロコビ
オジイ　車椅子に座っている。
オジイの分身
オバア　車椅子に座っている。
オバアの分身

シェンシェイ　鬼の面をつけ、修験者を思わせる装束を身につけている。
シェンシェイの分身
村人たち
さまよう人々の群れ
お祭りの一行

＊ヨロコビ以外の人物には、基本的に分身が存在する。分身の衣装はどのようなものでもよいが、単色のものがよい。全員ではないにしても大部分の人物たちが、大きな布を一枚持っていて、身にまとったり、引きずったりする。

プロローグ

暗闇。ゆっくりと少しずつ明るくなっていく。薄暗がりのなか、舞台の上にはテーブルと椅子が見える。椅子には、舞台のほうを向いて、男がひとりうなだれて座っている。彼の前の机の上には、仮面が裏返しにされて置かれている。光が強まり、広がっていくと、机の前には女がひとり立っているのが見える。男がゆっくりと顔を上げる。二人は見つめあっているように見える。男女の動きとふたつの声は一致せず、少しずれている。

声1　（女が伸ばしてくる手を頰に感じて、男が顔を上げる）誰？
声2　誰？（笑いながら、男の頰を撫でる）
声1　誰？

声２　わからないの？　（間）戻ってきたのよ。

声１　（困惑して）誰？　そこにいるのは誰？　（間。自分に語りかけるように）気のせいか……。

声２　（悲しそうに）聞こえていないのね……。

男は背もたれに身を預け、手をだらりと垂らす。遠くを眺め、恍惚とした表情になってほほえむ。

声２　戻ってきたのよ。

声１　（女が再び手を伸ばす。男は頬をさわる手の感触に驚いて、怪訝そうな顔つきになる）誰？

声２　（女は指先で男の目の下あたりを拭い、それを見つめる）あ？

声１　（男も目元をさわり、その指が濡れていることに気づく）ああ……。

男は背もたれに身を預け、手をだらりと垂らす。遠くを眺め、恍惚とした表情になってほほえむ。

声2　嬉しい？（間）悲しい？（間）ほんとに聞こえてないの？
声1　（女は再び男の顔へ手を伸ばす。その手を、男は頭を動かしてかわそうとする）誰？
声2　（女は男の顔に触れることを諦める。懇願するように）覚えてないの？

男は頭を抱えて、前のめりになり、何かを必死に思い出そうとしている。頭を深く垂れ、ついには顔を机の上の仮面にうずめる。髪をかきむしるように手を動かしながら、仮面をつける。

声2　わからないの？　戻ってきたのよ。戻ってきたの！　わたしだけじゃない！（女は振り返って客席を見つめる）ほら！

その声を合図に、舞台が強い光に包まれる。女が再び男のほうを向く。男が顔を上げる。男の顔は鬼の面で覆われている。
声２が悲鳴を押し殺す音が聞こえる。
暗転。

第1場

どこか遠くで太鼓の音が鳴っている。雷の音のよう。ヨロコビ以外の主要な人物たちは、つねにその分身をうしろに従えている。オジイの分身は車椅子の背後に身を小さくして隠れている。
道の真ん中に人だかりができている。みんなが一方向を見ている。

男1　見えた？
女1　どこ？　どこ？
男2　あれか？　ちがう？
女2　あれ？　あっ！　見えた！
男3　どれ？　あれ？
子供1　見えた！　見えた！

大人たち　見えた?
子供2　見えた！（子供1に）なにが?
子供1　わかんない。
男3　見えるはずがない。まだ着くはずがない。
女1　どうして?
子供たち　どうして?
男3　きのうの夜、となり村を通ったって聞いた。
子供たち　聞いた。聞いた。
女1　（納得したように）あー。
子供たち　あー。
男3　（したり顔で）そういうこと。
男2　（男3に）どういうこと?
子供たち　どういうこと?
男3　（男2に）ふつうに歩いたって丸一日はかかる。
子供たち　（さもわかったふうに頷きながら）かかる。かかる。
子供2　（子供1に）ほんと?
子供1　わかんない。

女２　ふつうに歩いて一日だもの。行列だったらもっとかかる。
子供たち　（さもわかったふうに頷きながら）かかる。かかる。
男２　そりゃ、おかしい。逆だ、逆。
子供たち　逆。逆。
男２　行列だからこそ早く着く。
子供たち　着く。着く。
女１　どうして？
子供たち　どうして？
男２　（女１に）行列だぞ。神輿をかついでいるんだ。二人でかつぐのと、四人でかつぐのだったら、どっちが速い？
女１　四人？
男２　そのとーり。かつぐ人数が多ければ多いほど楽になる。困難は分割せよ。足が多ければ多いほど速くなる。しかも大きな行列だ。いったい足が何本あると思ってんだ？
女２　だから？
子供たち　だから？
子供２　（子供１に）だからなに？

子供1　わかんない。

男2　（女2に）いいか？　大人ひとりの足で、つまり二本の足で一日かかる。つまり、四本だったら……。

男1　半日か！

男2　（得意げに）そのとーり！

子供たち　（大声で）そのとーり！

子供1　（ひときわ大声で）行列のおとーり！

沈黙。それから全員がうろたえた気配であたりを見回す。

男1　どこだ？

女1　どこ？

男2　（怪訝そうな様子で）大人ひとり、二本の足で一日。四本で半日。八本で……。

男3　三時間！

子供たち　六時間！

子供2　（子供1に）六時間って何時間？

子供1　わかんない。

白水  図書案内

No.876／2018-8月　平成30年8月1日発行

白水社 101-0052 東京都千代田区神田小川町3-24／振替00190-5-33228／tel. 03-3291-7811
www.hakusuisha.co.jp/ ●表示価格は本体価格です。別途に消費税が加算されます。

ガンディーとチャーチル

（上）1857–1929　（下）1929–1965

アーサー・ハーマン〔田中洋二郎監訳・守田道夫訳〕

夢も希望も喧噪と混乱に掻き消された。二人の巨人を飲み込んだ民衆の世紀の実像。ピュリツァー賞最終候補作。平川祐弘解説。

（㊤既刊㊦8月下旬刊）四六判■各4000円

ペルペトゥアの殉教
―ローマ帝国に生きた若き女性の死とその記憶

ジョイス・E・ソールズベリ〔後藤篤子監修・田畑賀世子訳〕

三世紀のカルタゴ。闘技場で野獣刑に処された若きキリスト教徒の女性に焦点を当て、殉教という行為とその背景にある思想の対立を描く。

（8月上旬刊）四六判■5200円

世紀の小説『レ・ミゼラブル』の誕生

デイヴィッド・ベロス〔立石光子訳〕

小説の執筆・出版の過程を縦糸に、人名の考察から作品の背景となる世界経済や受容史までを横糸に織り上げられた、大傑作小説の評伝。

新刊

エクス・リブリス
ここにいる

王聡威〔倉本知明訳〕

夫や両親、友人との関係を次々に断っていく美君。幼い娘が残り…。日本の孤独死事件をモチーフに台湾文学界の異才が描く「現代の肖像」。小山田浩子氏推薦！

（8月中旬刊）四六判■2800円

エクス・リブリス
ぼくの兄の場合

ウーヴェ・ティム〔松永美穂訳〕

十六歳年下の弟である著者が、戦争で命を落とした兄の残した日記や手紙を通じて、「家族」とは、「戦争」とは何かを自問する意欲作。

四六判■2200円

冬将軍が来た夏

甘耀明〔白水紀子訳〕

レイプ事件で深く傷ついた私のもとに、突然あらわれた終活中の祖母と5人の老女。台中を舞台に繰り広げられる、ひと夏の愛と再生の物語。解説 [illegible]

郵 便 は が き

おそれいりますが切手をおはりください。

101-0052

東京都千代田区神田小川町3-24

白 水 社 行

購読申込書

■ご注文の書籍はご指定の書店にお届けします。なお，直送をご希望の場合は冊数に関係なく送料300円をご負担願います。

書　名	本体価格	部　数

★価格は税抜きです

(ふりがな)

お 名 前　　(Tel.　　　　)

ご 住 所　(〒　　　　)

ご指定書店名（必ずご記入ください） Tel.	取次	（この欄は小社で記入いたします）

『ヨロコビ・ムカエル?』について	(9419)

■その他小社出版物についてのご意見・ご感想もお書きください。

■あなたのコメントを広告やホームページ等で紹介してもよろしいですか？
1. はい（お名前は掲載しません。紹介させていただいた方には粗品を進呈します）　2. いいえ

ご住所	〒　電話（　）		
（ふりがな） お名前	（　歳） 1. 男　2. 女		
ご職業または 学校名		お求めの 書店名	

■この本を何でお知りになりましたか？
1. 新聞広告（朝日・毎日・読売・日経・他〈　〉）
2. 雑誌広告（雑誌名　）
3. 書評（新聞または雑誌名　）　4.《白水社の本棚》を見て
5. 店頭で見て　6. 白水社のホームページを見て　7. その他（　）

■お買い求めの動機は？
1. 著者・翻訳者に関心があるので　2. タイトルに引かれて　3. 帯の文章を読んで
4. 広告を見て　5. 装丁が良かったので　6. その他（　）

■出版案内ご入用の方はご希望のものに印をおつけください。
1. 白水社ブックカタログ　2. 新書カタログ　3. 辞典・語学書カタログ
4. パブリッシャーズ・レビュー《白水社の本棚》（新刊案内／1・4・7・10月刊）

※ご記入いただいた個人情報は、ご希望のあった目録などの送付、また今後の本作りの参考にさせていただく以外の目的で使用することはありません。なお書店を指定して書籍を注文された場合は、お名前・ご住所・お電話番号をご指定書店に連絡させていただきます。

女２　大きな行列って聞いたよ。百人近くいるって……。
男１と女１　百人！
子供たち　百人！
男２　（どこかのんきに）じゃあ、とっくに着いてるか……。
女１　ていうか、もう通り過ぎたのかも！
男２　じゃあ見逃したかもねえ……。（自分の言葉に急に驚いて）見逃した？　見逃した！
子供たち　見逃した！

全員がいっせいに首を振って、道の反対側を見る。そこには少女と車椅子に座った老人、ヨロコビとオジイがいる。

子供１　いた！（ヨロコビとオジイを指さす）
大人たち　どこ？
子供２　どこ？
子供１　あそこ！
子供たち　（ヨロコビとオジイに向かって駆けていく）どこ？

子供2　（オジイの膝の上に乗って、オジイの肩に手を乗せて体を支えながら、遠くを見やる）どこ？

子供3　（ヨロコビに飛びつき、抱きかかえられながら、遠くを見やる）どこ？

子供1　そこ！

大人たち　行けーっ！

大人も子供もいっせいに子供1の指さしたほうへと走り出す。ヨロコビとオジイを通り過ぎて退場。子供1とヨロコビとオジイ、数人の子供たちだけがその場に残る。

子供2　（オジイの膝の上に乗ったまま子供1に）どこ？

子供1　（ヨロコビとオジイを指さして）そこ。

子供3　（ヨロコビの腕のなかから、ヨロコビを見上げて）誰？（腕から降りて、子供1に）この人、誰？

子供1　（首を傾げて）わかんない。

沈黙。

第1場

子供2　（オジイの車椅子から降りて、車輪をさわりながら）誰？　（間）誰？
（車椅子のフレームと車輪をさわりながらオジイに）これ、速い？

沈黙。

子供1　誰？
子供2と3　わかんない。

舞台の袖から大人たちがぞろぞろと戻ってくる。

男2　（頭をかきながら）いやあ、すまん。すまん。早とちり、早とちり。
女1　おかしいと思ったのよ。
女2と3　ほんと、ほんと。
女1　そんなに早く来るわけがないもの。
女2と3　ほんと、ほんと。
男2　たしかに、たしかに。足が多いとねえ、（胸の前で両手を絡みあわせ、くねらせながら）もつれちゃうかもねえ。（なにがおかしいのか、くっくっと笑いながら）引っ張りあう足ばっかり。逆に遅くなっちゃうよねえ。

男1　（男2を無視して、安堵のため息をついて）よかった、よかった、まだ来てないみたい。（つま先立ちになって道の向こうを眺めやりながら）これから来るわけだ。

女3　そうそう。そんなに早く来るわけない。急いで転んだりしたら大事。なにしろ大切なものを運んでいるんだから。

女1　でも、そんなにたくさん人がいて大丈夫かしら。（男1のさきほどの仕草を真似て両手を絡みあわせ）足が絡まりあって転んだりしないかな。

女3　心配ないわよ。だって、ムカデが転ぶのを見たことある？

男3　あれに足でも噛まれたら、（思い出したように顔をひどくしかめて）痛くて歩くどころの話じゃない。

女3　まだ来ないわよ。大切なものを運んでいるんだから、ゆっくり来るはず。

女1　そうよね。

女3　ほら、おなかに赤ん坊がいるとき、全力疾走する？　（間）したことある？

女1　わたしはないなあ……。

女3　（女2に向かって）あなた、ある？

女２　わたしもない……。
女１　でも、そんなに大切なものを運んでるの？　（横の女２に）どうしたの？
女２　（となりに立っている子供の頭をいとおしそうに撫でながら、子供に向かって）わたしたち、運がよかったのね。
男３　いや、うちの婆さんはあるって言ってたな。親父がおなかのなかにいたとき。
男１　また、どうして？
男３　大急ぎで走って逃げなきゃならなかったんだと。（両腕を広げて大げさな身振りで）『羊水が嵐の海のように揺れて、揺れて、腹のなかで船酔いした』って親父は酔うといつも言ってたなあ。
女２　なにから逃げたの？
男３　（首を傾げて）さあ……。
女３　誰から逃げたの？
男３　（首を傾げて）さあ……。
女１　どーりでね。
男３　どーりで？
女１　それで、あんたんところの親父さんいつもフラフラしてたんだね。船酔いっていうか、お袋酔い？

男３　（真顔で）いや、あれは単なる二日酔い。焼酎飲みの親父だったから。
男２　お袋酔いでいいんじゃない？
女１　どうして？
男２　（男３に向かって）おまえんところの親父、自分のお袋さんと仲が悪かっただろ？　おまえの婆さんを納屋に閉じ込めたじゃないか。「右も左も上も下もわからんからって、腹のなかに九ヶ月も閉じ込めやがって、そのお返しだ！」って。
男３以外の男と女たち　（くすくす笑いながら）言ってた、言ってた。
男２　そういや、親父さん、どうしてるの？
女２　あら、そういえば、最近見かけないね。
女３　そうねえ。どうしたの？
男３　納屋。
女２　納屋？
男３　うん。（言いにくそうに）閉じ込めといた。
女２　閉じ込めた？
男１　（少し考えて）復讐か？　腹のなかに九ヶ月も閉じ込められた腹いせにやり返したのか？
男２　そうなのか……。（自分の言葉に驚いて）え？　おまえ、親父さんの腹にいたの……？

女1 （男3に）どうして？　なんで納屋にいるの？

沈黙。

男3 （少し憤慨した口調で）そりゃ、生まれたままの姿でそこら中歩き回るからだよ。

女1 どうして？

女2 赤ちゃん返りね。

子供たち （赤ちゃんの鳴き声を真似をして）あーん、あーん。

男3 行列が来たときに、フラフラ出て行かれたらどうする？

男2 村殺しにされる……。

男1 （男2に）みな殺し。ま、どっちにしたって同じだけど。

男3 無礼があってはならんから……。それで閉じ込めておいた。

女1 歴史はくり返される。

男2 神輿はひっくり返される。

男3 だから、なんてことになったら困るから、納屋に閉じ込めたの！

男2　いいの？
男3　なんで？
男2　だって婆さんと親父さん、仲が悪いのに……。いいの、一緒にして？
男1　（唐突に）ほんとに閉じ込めたのか？
男3　なんで？
男1　ほら。（ヨロコビとオジイのほうを指さす）あそこ。
女1と2と3　（同時に）あら。

沈黙。

男2　おたくの婆さんと親父さん？（ヨロコビとオジイを順に指さす）
男3　（困惑しつつ）うちのやつには鍵をかけとけ、って言ったんだけど……。
男2　（ヨロコビをしげしげと眺めて）それにしても、あんたんところの婆さんずいぶん若返ったね。
男3　（さらに困惑して）ばあちゃん、どうしちゃったんだよ……。
女1　わたしたちより若いんじゃない？　それに、ずいぶんきれいね。
女2　親父さんのほうは、逆にずいぶん老けちゃったけど……。

沈黙。

男３　（両手を振りながら）ちがう！　ちがう！　あれはうちの親父じゃねえし、うちの婆さんでもねえ！　いや、婆さんの若いときの姿は知らんけど。とにかくちがう！

女１　じゃあ誰なの？

子供たち　（いっせいに）誰？

沈黙。

男１　（首を振りながら）わからん。

女１　行列の、ご一行さまの一員？

男２　え、もう来た？

子供たち　来た？

男２　行列の一員？　まさか……。（腕組みをして）それにしてはずいぶん貧相な……。え、たった二人？

子供たち　（囃し立てる）ひんそー！　ひんそー！
男１　（子供たちに）こら、いらんことを言うな！
子供たち　（調子に乗って）ひんそー！　ひんそー！

村人たちがヨロコビとオジイにじわじわと近づく。ヨロコビとオジイは動かない。

女１　生きてるの？　（オジイの上に乗っている子供２に向かって）生きてる？
子供２　（無表情なオジイの顔をしげしげと眺めて）わかんない！
子供３　（握っていたヨロコビの手を振る）生きてる！

子供３はヨロコビに向かってジャンプする。ヨロコビはそれを胸に抱える。子供３はヨロコビの腕を振りほどいて降りると、もう一度ジャンプ。ヨロコビは再び子供３を胸で受けとめ、しっかり抱きかかえる。ヨロコビは相変わらず無表情。

子供３　（女１に向かって）ほら！

女3　（ヨロコビに近づきながら）もう、すみませんねえ。うちの子がお世話をおかけして。ほら、なにしてんの、来なさい（子供3をヨロコビから受け取って地面に降ろす。子供に）ほら、なんて言うの？

子供3　（頭を下げて）ありがとうございます。

子供たち　ざいまーす。

沈黙。

女3　（オジイに）で、どちらさま？

子供たち　さま？

沈黙。

女1　（ヨロコビに）もしかして、ご一行さまの方？

子供たち　さまの方？

沈黙。村人たちは顔を見合わす。

オジイ　（突然、大きな声で叫ぶ）あー。あー。あー。

村人たちが後ずさる。オジイの声を聞いて、ヨロコビはうなずくと、無言のまま村人たちに向かってオジイの手足を動かす。

沈黙。村人たちは困惑したように再び顔を見合わす。

男1　あの……。

オジイ　（唐突に）あー。あー。あー。

オジイが腕をもたげて、何かを探すように前に伸ばす。村人たちが近づいてくる。布に隠れたオジイの分身が車椅子を村人たちに少し近づける。

オジイ　あー。あー。あー。

オジイが突然腕を激しく振り回す。

村人たち　（オジイの腕をよけようととびのく際、たがいの足を踏んだり、体がぶつかったりして）いたっ！　（何度も声が上がる。オジイの声と混じって、「あーいたっ！」と聞こえる）
子供たち　あーいたっ！　あーいたっ！

布に隠れたオジイの分身が車椅子を動かす。その場でぐるぐると回転させながら村人たちを追いかける。村人たちは逃げまどう。ヨロコビもその周囲をゆったりとした動作で踊る。ヨロコビも大きな布を一枚持っていて、それを揺らめかす。

オジイ　おー。おー。おー。（くり返して言い続ける）
村人たち　（車椅子から逃げながら、たがいの足を踏んだり、体がぶつかったりして）いたっ！　（何度も声が上がる。オジイの声と混じって、「おーいたっ！」と聞こえる）
子供たち　おーいたっ！

しばらく混乱の乱舞が続いたあと、ヨロコビとオジイは道の真ん中で静止する。周囲の村人たちの動きも、波が収まるように次第にゆっくりしたものになっていく。動きが完全に停止したあと、村人たちのそれぞれが三々五々、散らばって家路に向かう。舞台の上から人の姿が減っていく。立ち去り際、どの人も必ず一度か二度振り返る。動く人々のなかで唯一動かず、その場に残るのが、ヨロコビとオジイ。その二人に村人たちが気づく。たがいに耳打ちをしたり、顔を付きあわせたりして何事か相談している気配の人々。いったんバラバラになった人たちが足を止めたり、戻ってきたりして、再びヨロコビとオジイを遠巻きに見つめている。その村人たちの輪が少しずつ小さくなっていく。

女1　（オジイとヨロコビに）あのー……。

子供たち　あのー……。

沈黙。

女2　（オジイとヨロコビに）どちらから？

子供たち　どちらから？

沈黙。

男２　どちらへ？
子供たち　どちらへ？

沈黙。

オジイ　（突然）あー。あー。あー。（ヨロコビはオジイの手を取って動かす。村人たちは思わずあとずさる）
村人たち　（子供も含めて）なに？　なに？　なに？　（そう言いながら、オジイとヨロコビに近づく）
オジイ　おー。おー。おー。（ヨロコビはオジイの手を取って激しく動かす。村人たちはあとずさる）
村人たち　（子供も含めて）なに？　なに？　なに？　（そう言いながら、オジイとヨロコビに近づく）

ヨロコビとオジイが動かなくなる。オジイは頭をがくりと垂れている。

男1　（男2に）通じん。言葉がなーんにも通じん。
男2　おれ、外国語はわからん。
男3　（男2に）これ、外国語か？　おー、おー、言ってるだけだろ？
男1　（抑揚をつけながら歌うように）さて、さて、さて、さて、どうしたものか？
子供たち　（やはり歌うように）さて、さて、さて、さて……どうしたものか？
女1　（やはり歌うように）困った、困った。
子供たち　（歌うように）困った、困った。

オジイが頭をもたげて、村人たちを見る。

男1　（オジイの変化に気づいて、歌うように）困った、困った。
男2　（調子を合わせ、さらに滑稽な仕草で踊りながら）困った、困った。（子供たちに声を上げるよう合図をする）
子供たち　（歌うように）困った、困った。

男1　知ってか知らずか。
子供たち　（歌うように）知ってか知らずか。
女1　そこにおっては邪魔になる。
子供たち　（歌うように）じゃま、じゃま、じゃま、じゃま、おじゃま虫。
子供2　（子供１に）どんな虫？
子供1　わかんない！
男2　知ってか知らずか。
子供たち　（歌うように）知ってか知らずか、知ってか知らずか、ずらかるか？
女1　これから神の来る道。
子供たち　（歌うように）まだ来ん？　もう来た？　まだ来ん？　もう来た？
女2　（オジイとヨロコビに）そこにおっては邪魔になる！
子供たち　（歌うように）じゃま、じゃま、おじゃま虫。
子供2　（子供１に）おじゃま虫ってどんな虫？
子供たち　（頭の上に角を突き出す仕草で）かぶと虫？　（ひとりがおしりを突き出し、もうひとりがそのそばにしゃがんで両腕をはさみの形にする）はさみ虫？
（寝転がって）でんでん虫？　（信号機がありそうな場所を見つめて）信号無視？
（周囲の大人に向かって）どんな虫？

大人たち　（ヨロコビとオジイに向かってじりじりとゆっくりにじり寄りながら）どうしたものか？　（不安げに）どうしたものか？　（不意に声を荒げて）どうしたものか？

大人たちの動きや声の響きからどこか暴力的な雰囲気が漂ってくる。

子供2　（怯えた様子で）考え中？　（声を張り上げる）考え中？
子供たち　幼虫？　（間）甲虫？　（間）寄生虫？
大人たち　（ある者は腕を組む。ある者はオジイとヨロコビに向けた人差し指を振る。ある者は握りしめた拳を掲げる）どうしたものか？　どうしたものか？

ヨロコビは手にしていた布を地面に広げ、頭からもぐりこもうとするが、なぜかうまくいかない。オジイの分身は自分のかぶっている布でオジイの頭を覆おうとするが、どうしてもうまくいかない。

子供たち　害虫？　寄生虫？　害虫？　寄生虫？　（だんだん声が大きくなっていく。どこか憑かれたような、どこか怯えたような叫び）

大人たち　害虫？　寄生虫？　害虫？　寄生虫？　（だんだん声が大きくなっていく。怒号に近い大声）

子供たちと大人たちがくり返す声がだんだんと混じりあう。大人のそれぞれが威嚇するように拳を天に突き上げる。子供たちのなかには、大人の腰にすがりつく者もいれば、両手で目や耳を覆う者もいる。自分の手で前の子の目を隠し、うしろの子から自分の耳をふさがれているような恰好の子もいる。村人たちがオジイとヨロコビを取り囲む輪がだんだん閉じていく。

第2場

仮面をかぶり、白装束を着たシェンシェイが現われる。村の人々が騒然としていることに気づいて、足を止める。額に手をかざし背伸びをして様子を窺う。しかし何が起こっているのか、人だかりが邪魔でわからない。人混みの外側のほうにいる村人たちが手にしている道具を借り受ける。折りたたみ椅子やミカン箱や一輪車に乗る。それでも見えないので、ついには子供たちのひとりが持っている竹馬を借りて、それを使って中を覗き込む。シェンシェイの分身も基本的に同じ動作をするが、村人たちはシェンシェイの分身にはまったく注意を向けない。

大人1　（シェンシェイに気づいて）おー、これは、これは！

子供たち　（その声につられて、各自がシェンシェイを向いて）おー！　これは、これは！

シェンシェイはそれが自分に向けられた声だとは気づかない。竹馬に乗って人だかりの周囲を歩きながら、何が起こっているのかを見ようとする。

大人2　シェンシェイ！

子供たち　シェンシェイ！

シェンシェイ　（見とがめられたと思い）す、すいましぇん！（竹馬に乗ったまま、トコトコ歩きながら）高いところから、すいましぇん！（竹馬の持ち主の子を見つけると、竹馬から飛び降り、竹馬をその子に返す）

男1　これは、これは、シェンシェイ！

子供たち　シェンシェイ！

女1　ちょうどよいところに来た！

子供たち　来た！

シェンシェイ　（不思議そうに）シェンシェイ？（間）誰が？

男1　ほら、シェンシェイ、こっち、こっち。

子供たち　こっち、こっち。

人々が道をあける。シェンシェイは男１に手を引っ張られ、子供たちに囲まれて、ヨロコビとオジイの前まで連れて行かれる。自分のまわりで何が起こっているのか理解できず、当惑している様子のシェンシェイ。

男１　（ヨロコビとオジイを見つめ、それからシェンシェイを見て）言葉が通じんのです。
子供たち　通じん、通じん！
子供１　ガイコクジン？
ヨロコビ　（無表情のままオウム返しに）……じん！（子供たちとほぼ同時に叫んでいるので、子供たちの声に紛れて聞こえない）
女１　（ヨロコビとオジイのほうを指さし）どこから来たのか……。
子供たち　来たのか……。
ヨロコビ　（やはり子供たちと一緒に）来たのか……。
男２　どこのどいつか……。
子供たち　どいつか……。

ヨロコビ　（やはり子供たちと一緒に）どいつか……。
村人たち　さっぱりわからん。
子供たち　（同時に）わからん。
ヨロコビ　（同時に）わからん。

沈黙。

男1　（シェンシェイに向かって唐突に）シェンシェイならわかるはず！
女1　（懇願するように）シェンシェイ！
子供たち　シェンシェイ！

沈黙。

シェンシェイ　（たじろぎながら）シェ……シェンシェイ？　（シェンシェイはあたりを見回す）シェンシェイ？　（片手を空高く突き上げて）宣誓！

沈黙（シェンシェイを他の全員が凝視）。

シェンシェイ　（気弱な声で）シェンシェイ……。（周囲の顔色を窺いながら自分の顔を指さして）わたしのこと？
男2　ここに、ほかにシェンシェイと呼ばれるような人がおられますか？
子供たち　ますか？
シェンシェイ　（小声で）おるでしょう……。（困惑したまま）シェンシェイ？
男1　しかし、シェンシェイ、もうそんな恰好ですか。気が早い。（笑う）
子供たち　（囃し立てる）気が早い！　足が早い！　手が早い！
女1　（子供たちに）こらっ！　（シェンシェイに）安心してください。まだ来てません。（笑う）
シェンシェイ　（困惑して）来てない……？　なにが？
男2　まあ、わしらも勘違いしておりましたから、シェンシェイのことは笑われましぇん。（シェンシェイに）大丈夫、大丈夫。行列はまだまだ来ない。
子供たち　（歌うように）だまだま、だまだま。
男3　（シェンシェイの肩に手を乗せ、その姿をしげしげと眺めながら）それにしたって、シェンシェイ、衣装も着て面までちゃんとつけて。シェンシェイの出番はまだまだじゃ。

子供たち　（歌うように）だまだま、だまだま。
シェンシェイ　（困惑を体で表現しながら）面？　衣装？　出番？
男１　（シェンシェイの肩や背中を押して、ヨロコビとオジイのそばに連れて行きながら）さあ、さあ、さあ。
子供たち　さあ、さあ。
シェンシェイ　なんですか……。
子供たち　（歌うように）すか、すか。
男１　シェンシェイほどの人じゃったら、話の通じんもんとでも話が通ずるはず。
子供たち　（驚いた感じで）通じん、通ずる！
シェンシェイ　（困惑したまま）いったいどうしたんですか？
男２　（ヨロコビとオジイを手で示しながら）どこのどなたか知らんが……。
子供たち　知らんが……。
男３　道をふさいで、動きもせん。
子供たち　動きもせん。
男１　てこでも動かん。
子供たち　動かん！　かん！　（踏切の警報音を真似て）かん、かん、かん、かん！
シェンシェイ　いや、いや（梃子を使う仕草をしながら）梃子では動かんでも、

（車椅子を指さして）車輪があるから、きっと動きますよ。

シェンシェイはオジイに近づく。ヨロコビとオジイは、シェンシェイから遠ざかる（オジイの車椅子は布に包まれた分身が押す）。シェンシェイがもう一度近づこうとする。再びヨロコビとオジイは、シェンシェイを避けるように離れる。

シェンシェイ　（得意げに村人たちに）ほらね。（オジイとヨロコビに）けっこう軽やかな動きですよ。

沈黙。

シェンシェイ　（村人に）で、なんでしたっけ？

男１　道をあけるように言ってもらえんですか？

シェンシェイ　（ヨロコビとオジイのほうを見る。少し考えてから怪訝そうに）どうして？　誰の邪魔にもなってない。

男２　なってますよ、シェンシェイ。これから行列をお迎えするんですから。

シェンシェイ　行列？

男１　だから、シェンシェイはそんな恰好をしておられるんでしょう？　身を清めて、衣装もまとって。お祭りなんだから。

女１　お祭り、お祭り。

子供たち　（囃し立てる）お祭り、お祭り。

シェンシェイ　（困惑して）祭り？　なんの？

男３　（呆れたように）行列が来るんだから……。

沈黙。

シェンシェイ　（何かを思い出そうとするように、周囲を見渡す）行列……。

舞台の奥に目を向けると、大きな建物の陰から顔を覗かせて、ヨロコビとオジイとその周囲の村人たちの様子を観察している者たちがいる。陰から顔を引っ込めたり出したりする。そこには子供もいる。明らかに外国人とおぼしき人もいる。鬼や精霊など異形の者もいる。まだ客席からは見えないが、車椅子に座ったオバアもいる。担架や移動式のベッドに乗せられて横たわった人たちもいる。

シェンシェイ　（何かを思い出そうとするように、舞台の奥にいる人たちに視線をしばらく向けてから、村人たちに）その行列というのは、あの人たちですか？

男１　どの人ですか？

突然、シェンシェイが踊り出す。すると、つられるように、シェンシェイの分身も一緒に踊る。しかし二人の踊りは、どこかしら中途半端でどの仕草も完成しておらず、断片的な印象を与える。

男１　（踊るシェンシェイを見つめ、驚いたように）シェンシェイ、どうしたんですか？

男２　（やはり驚いて）大丈夫ですか、シェンシェイ？　（困惑気味に男１に）奉納するの、あんな踊りだったか？

沈黙。

シェンシェイ　（不意にわれに返り、踊りをやめる。男たちを見る）それで、わたしはなにを？

男2　だから、（オジイとヨロコビを見て）この人らに道をあけるように言ってください。

シェンシェイ　（力なく）どうしてわたしが？

男3　だから、わたしらの言葉は通じんから！

子供たち　（力を込めて）通じん、通じん！

子供1　ガイコクジン！

シェンシェイ　（絶望したように）だったら、どうしてわたしの言葉が通じるんですか？　通じないでしょう！

子供たち　（力を込めて）通ずる、通ずる！　通じんもん、通ずる！

シェンシェイ　（慨嘆して）どうしてわたしが！

オジイ　（突然、叫ぶ）あー。あー。あー。

シェンシェイを含めて村人たちは不意をつかれて驚く。いっせいに声のほうを向く。ヨロコビはオジイの手を取ってシェンシェイのほうを指さす。その指の動きを追って、シェンシェイは振り返る。そこで寄り添った自分の分身に初めて気づく。

シェンシェイ　（驚いて）おわっ！
オジイ　おー。おー。おー。

オジイが声を上げ続け、それを受けて、ヨロコビがオジイの腕を動かす。
オジイの分身が車椅子を不規則に動かす。

男1　おー、通じた！
子供たち　通じた！
女1　さすがシェンシェイ！
子供たち　シェンシェイ！

しばらくするとオジイは静まる。ヨロコビも動くのをやめてオジイの車椅子の横に立つ。

シェンシェイ　（困惑気味に）あの……（振り返り、みずからの分身と顔を見合わせる。それからヨロコビに近づく。その無表情な顔の前で、分身とともに手を振る）あの……。

ヨロコビは無表情のまま動かない。

シェンシェイ　（ヨロコビの顔をまっすぐに見つめて、ため息をつく）わからないな……。

子供たち　（だんだんと消えいる声で）わからない、わからない、わからない……。

シェンシェイ　苦しいんですか？（悶えるような動きで踊りながら）痛い……？

シェンシェイの分身　（やはり悶えるような動きで踊りながら）痛み……。悲しみ……。

子供たち　痛み……。悲しみ……。

沈黙。シェンシェイとシェンシェイの分身が一緒に踊る。二人がたがいの欠損を補いあっているような印象を与える踊り。

シェンシェイ　（踊りながらオジイの前に来ると、試すように）おー。おー。おー。

シェンシェイの分身は踊りながら、ヨロコビの背後に分身を探す。何度か試みるが、見つけられない。

オジイ　（シェンシェイに向かって身を乗り出し）あー。あー。あー。

シェンシェイの分身は、ヨロコビの周囲に分身を探すのを諦める。やはり踊りながら、今度はオジイの周辺を探す。オジイの車椅子の背後に布ですっぽり覆われた塊を見つける。布を引っ張ろうとするが、引っ張り返される。その引っ張りあいがくり返される。

シェンシェイ　おー。おー。おー。

オジイ　あー。あー。あー。

シェンシェイの分身は、ついに布を取り上げることに成功する。姿を現わしたオジイの分身は、布を取り返そうとする。布を奪いあう二人の動きが踊りとなる。布にくるまれながら、おたがい手をつかみあい、腕を取りあい、足をからませあい、もつれあって踊る。

シェンシェイの分身　（腕をひねられて）いたっ！

シェンシェイ　おー。おー。おー。おー。

オジイの分身　（腕をひねられて）いたっ！（「おーいたっ」と聞こえる）

オジイ　おー。おー。おー。

シェンシェイ　あー。あー。あー。

男1　（シェンシェイに近づき）なに？　なんて言ってる？　なんて？（「なんて」と太鼓の響きを合わせる。以下同様）

子供たち　なんて？　なんて？　なんて？

村人たち　なんて？　なんて？　なんて？

シェンシェイはその問いかけには答えずに、オジイのそばから離れると、自分の分身とオジイの分身の踊りに加わる。今度はシェンシェイの動きは滑らか。

男2　（踊りに感嘆して）さすがシェンシェイ！（手を叩いて喝采する）うまい！

子供たち　うまい、うまい！

シェンシェイ　（踊りながら自分の分身に）それで、なんて？　なんて？　なんて？

オジイの分身とシェンシェイの分身が対話するように踊る。シェンシェイの踊りは、それを必死に理解しようとするような動きを示す。

数人の村人　（踊りに加わる。シェンシェイとシェンシェイの分身に）なんて？　なんて？　なんて？

子供たち　（その場で踊り出す）なんて？　なんて？　なんて？

波紋が広がるように周囲の人々たちもまた踊り出す。しばらくすると、舞台の彼方で、突然、たくさんの物がいっせいに崩れ落ちるような巨大な音が鳴り響く。人々の動きが一瞬で止まる。そして沈黙。

村人たち　（音のほうを向いて）なに？　なに？　なに？

もう一度、積み上げられていたものが崩れ落ちるような巨大な音。全員がわっと波のようにヨロコビたちに向かって押し寄せる。たがいにもみくちゃにされる人々。ヨロコビもシェンシェイもオジイの姿も見えなくなる。建物の陰から様子を見ていた人たちが少しだけ舞台の中央に向かって移動する。思いのほか人数が多い。

村人たち（もみあったのち、大声で恐怖の叫びを上げる。いっせいに）わーっ！

太鼓の乱打。激しい音楽が始まる。村人たちが逃げ出す。多くの場合二人一組で、どちらかを担いだり背負ったりして逃げる。姿を見せていた人たちも再び建物の陰に隠れ、見えなくなる。村人たちが消えたあとにはシェンシェイとオジイ、それぞれの分身だけが残される。

そこにはヨロコビの姿はない。

いま舞台には、向かいあった車椅子が二台ある。一方の車椅子にはシェンシェイが座り、その背後でシェンシェイの分身が身を丸くしてしゃがんでいる。他方の車椅子にはオジイが座り、その背後ではオジイの分身が身を丸くしてしゃがんでいる。布はたたまれて、オジイの膝の上にかけられている。

オジイ　（シェンシェイの分身に向かって）あー。あー。おー。おー。あー。おー。あー。おー。あー。あー。

その声に合わせて、車椅子の背後からシェンシェイの分身とオジイの分身がそれぞれ立ち上がり、ゆっくりと踊り出す。しばらくすると踊りをやめて、シェンシェイの背後にオジイの分身が、オジイの背後にシェンシェイの分身が立つ。オジイは不安げに首を振って周囲を見渡している。

シェンシェイ　（オジイの背後に立つ自分自身の分身に手招きをしながら、やさしく）ほら、こっちに。戻っておいで。

シェンシェイの分身はためらう。

シェンシェイ　ほら、こっちに。話があるから。

シェンシェイの分身は体をびくりと震わし、それから踊りながら、そろそろとシェンシェイに近づく。

オジイ　（不安そうに）あー。あー。あー。

シェンシェイは近づいてくる分身に手を差し出す。その手を分身は握り、シェンシェイを車椅子から立たせる。

シェンシェイ　（分身に）ありがとう。（そう言いながら、分身を自分の代わりに車椅子に座らせる）

オジイ　（不安そうに周囲を窺いながら）あー。あー。あー。

シェンシェイ　わかってます。わかってます。（うなずきながらオジイの車椅子に近づき、その背後に回る）

オジイ　（シェンシェイの顔を見上げて）あー。あー。あー。

シェンシェイ　（困惑して首を振りながら）いや、すいません……。まったくわか

りません。（シェンシェイはオジイの車椅子を押して舞台の上を移動し始める）

同時に、シェンシェイの分身が座った車椅子では、シェンシェイの分身が立ち上がり、オジイの分身に席を譲ろうとするが、オジイの分身は遠慮する。しかし強い勧めを断りきれずについに座る。シェンシェイの分身がその車椅子を押す。少しすると、座ったオジイの分身が手を上げて、車椅子を止めさせ、場所をシェンシェイの分身に譲ろうとする。さっきと同じように少し譲りあいが続いたあと、今度はシェンシェイの分身が座り、オジイの分身が車を押す。その無言のやりとりがくり返される。

シェンシェイ　（車椅子を押しながら、独白で）なにもかも変わってしまった……。

オジイ　あー。あー。あー。

シェンシェイ　（オジイに）なんですか？

オジイが黙り込む。

シェンシェイ　（オジイに）なんですか？（返事がないので）聞こえてますか？

（より大きな声で？）聞こえてますか？（叫ぶように）聞こえてますか？

オジイ　（驚いた表情で）あー。あー。あー。

シェンシェイ　（顔に手をやって、大声で）これ、これですか？

オジイ　あー。あー。あー。

シェンシェイ　（困惑気味に）あれ、なんだこれ？　なんなんだ、これ？

シェンシェイは自分の仮面と格闘するように踊る。

シェンシェイ　（怒りに駆られて）なんだこれ！　こんなものつけて！

シェンシェイは仮面を顔からむしり取ると、地面に叩きつける。
同時に、爆発音となにか大きなものが崩れ落ちる轟音が響き渡る。
シェンシェイは、思わずオジイの車椅子を力いっぱい強く押し出す。オジイの車椅子が、もうひとつの車椅子のほうに転がっていくのを見て、われに返ったシェンシェイは、あわててあとを追いかける。オジイの車椅子をオジイの分身とシェンシェイの分身（どちらかが車椅子に座っている）が受けとめる。

オジイ　あー。あー。あー。

シェンシェイ　（両耳を何度も押さえながら）あー。あー。あー。あれ？　耳がおかしい。（自分に向かって）聞こえますか？　聞こえますか？

オジイは驚いた様子もなく同じ姿勢で車椅子に座っている。

シェンシェイ　（大声でオジイに）大丈夫ですか？　（間）あ、聞こえてない？　それはよかった。

遠くから音楽が聞こえてくる。

オジイ　（出し抜けに）あー。あー。あー。

シェンシェイ　（大声でオジイに）え、聞こえてるんですか？

オジイは反応しない。

シェンシェイ　（大声で）聞こえてない？　聞こえてない？

　　シェンシェイは目をつむり、音楽に耳を傾ける。

シェンシェイ　（ひとりごちる）知ってる？　なんでだろう？

　　シェンシェイはおずおずと手探りをするように踊り出す。はじめはぎこちないが、そのうち音楽に受け入れられたかのように滑らかな動きで踊り出す。そのシェンシェイの動きに誘われるように、シェンシェイの分身とオジイの分身が踊り出す。それぞれに異なる三者三様の踊り。

シェンジェイ　（踊りながら、大声で二人の分身に向かって）え？　そうなの？
　なつかしい？　なつかしい？

オジイ　（唐突に大声で）おー。おー。おー。

その声に、現実に連れ戻され、不意に興ざめしたかのように、シェンシェイたちは踊りをやめる。分身たちに促されて、シェンシェイが車椅子に座り、オジイと向かいあう。オジイの分身はオジイの背後に戻る。

オジイ　（背後に分身が立つと同時に）おー。おー。おー。

シェンシェイは立ち上がろうとするが、自分の分身に押し戻されて座り直す。

シェンシェイ　（自分の分身に）どうして？

オジイ　あー。あー。あー。

シェンシェイ　（立ち上がろうとし、自分を座らせようと身構える分身に振り向いて）大丈夫、大丈夫。（オジイに両手を伸ばしながら）大丈夫、大丈夫です。

オジイ　あー。あー。あー。

シェンシェイ　（オジイに）場所を変わります？（ひとりごちる）そしたら思い出せる？（自分の分身に）思い出せる？　お願いします。（オジイの分身に向かって）お願いします。

それぞれの分身の助けを借りて、オジイとシェンシェイが場所を入れ替わる。オジイの分身がシェンシェイの背後に、シェンシェイの分身がオジイの背後に立っている。

シェンシェイ （オジイの分身に）ありがとうございます。（自分の分身に）ありがとう。ご苦労さま。

分身たちが車椅子を動かす。シェンシェイもオジイも客席に背を向けて舞台の奥を見ている。

オジイ おー。おー。おー。
シェンシェイ （オジイのほうに身を乗り出して耳を傾け、大声で）なんですか？
オジイ おー。おー。おー。
シェンシェイ （大声で）え、おに？
オジイ おー。おー。おー。
シェンシェイ （大声で）え、おにぎり？

オジイ　おー。おー。おー。
シェンシェイ　（大声で）おばあ？　おばあ？

建物の陰に隠れていた人々が出てくる。みな疲れ切っている。全員がぼろぼろの汚れた衣装を身にまとい、ほとんどの者が大きな布を引きずっている。山のような荷物を背負った人。足を引きずる人。子供の手を引く人。子供をおぶったり抱えたりしている人。車椅子の人。車椅子の上に子供や荷物。寝台に横たわる人。寝台には複数の人が座っていたり横たわっていたりする。外国人とおぼしき人々。神や精霊の混じった異形の人々。人形もある。山車や神輿のようなものもある。移動式のベッドや車輪のついた台に乗せられた家の模型もある。ゆっくり、実にゆっくりと進んでいく。人々の群れは、いったん舞台の端に着くと、再び来た道を戻る。そうやって舞台の奥を行ったり来たりする。相変わらず音楽は遠くから聞こえている。

オジイ　（絶叫する）おー！　おー！　おー！
人々の群れ　（その声に応えて）あー！　あー！　あー！

シェンシェイが車椅子から立ち上がる。しかし、うしろにいたオジイの分身に押さえつけられて座らせられる。もう一度同じことがくり返される。シェンシェイはなんとか立ち上がる。オジイのうしろにいた分身が加勢にきて、二人がかりでシェンシェイを座らせようとする。何度かもみあう。シェンシェイはなんとか立ち上がる。さらに分身たちともみあう。彼らの手を振りほどくと、舞台の奥の人々の群れに向かって走り出す。二人の分身が彼を追いかける。シェンシェイは人々の群れに合流する。しかし、どうしても人々に触れることができない。分身たちがシェンシェイに追いつき、シェンシェイを連れ戻そうとする。シェンシェイと分身たちは、人々のあいだをもつれあいながら踊る。しばらくそれが続いたあと、シェンシェイは分身たちにつかまり、車椅子に連れ戻される。分身たちは定位置である、それぞれの車椅子のうしろに戻る。

シェンシェイ　（喘ぎながら人々の群れに向かって）知ってる！（間）あの人たちを知ってる！

シェンシェイは人々の群れを食い入るように見つめる。車椅子のフレームを握る手に力が入る。

シェンシェイ　（声が聞こえた気がして振り返る）えっ？　（ひどく驚き、絶望的に）置いていけ？

シェンシェイの分身　（大声で）置いていけ！　（声音を変えて）仕方ない。

シェンシェイ　（さらに絶望的に）できない！　そんなことできない！

シェンシェイの分身　（声音を変えて、弱々しく）いいから……。

人々の群れ　いいから。わたしたちのことはいいから。

シェンシェイの分身　行って。

人々の群れ　どうか先に行って。わたしたちのことはいいから！　どうか先に！

シェンシェイの分身　お願いだから。

人々の群れ　お願いだから！　あなただけは！

シェンシェイはいったん立ち上がるものの、崩れ落ちるように再び座る。シェンシェイは自分の分身を振り返り、すがるように両手を伸ばす。分身はその手を取り、シェンシェイに肩を貸して立ち上がらせる。そして二人は人々の群れのあいだを通って退場する。

シェンシェイ　（分身に寄りかかり、あたりを見回しながら、絶望的に）わたしが見たこと？　生きたこと？　（間）わたしが見なかったこと？　生きなかったこと？

群れをなす人々もまた、足と布を引きずりながらゆっくりと力なく退場する。いまやシェンシェイとシェンシェイの分身は、あたかも最初からその一員であったかのように群れのなかに吸収されている。オバアとオバアの分身だけが、シェンシェイたちと入れ違いに、舞台の中央に残されたオジイとその分身のもとにやって来る。オバアは自分の分身に抱きかかえられている。オバアの分身はシェンシェイがあとに残していった車椅子にオバアをそっと乗せる。そしてオバアの背後に立つ。オバアの分身とオジイの分身は、それぞれの車椅子を自由に動かして踊る。人々の群れが舞台から完全に消えるころに、二台の車椅子を客席のほうを向かせて並べる。

第3場

遠くに音楽が聞こえる。オジイとオバアはそれぞれの車椅子に座って、客席を向いている。二人のうしろには分身が立っている。オジイは頭を動かす。何か喋っているようだが、声は聞こえない。オバアはオジイに顔を近づける。

オバア　なに？（顔をさらに近づけて）なに？（オバアは何度かうなずく）そう、そう。聞こえる？　なにが？

オバアはあたりを見回す。

オジイ　（不意に頭を上げて大声で）おー。おー。おー。

オバア　どうしたの?
オジイ　おー。おー。おー。

　オジイの分身がオジイの車椅子を激しく揺らす。

オジイ　(車椅子にすがりつきながら) あー。あー。あー。
オバア　(困惑して) どうしたの?　なに?　なにが言いたいの?　(振り返って自分の分身に) なに?　なんて言っているの?

　今度はオバアの分身がオバアの車椅子を激しく揺さぶる。オジイの車椅子とオバアの車椅子がぶつかる。オジイはわめき続ける。

オバア　やめて!　やめて!　やめて!

　その叫びに分身たちは車椅子を動かすのをやめる。オジイの車椅子は少しだけオバアの車椅子に背を向ける位置にある。

オバア （振り返って自分の分身に）ありがとう。（オジイに）ごめんね。

オジイの分身がオジイの車椅子をさらに少し遠ざける。

オバア （前のめりになりながらオジイに）ごめんね。

オジイの分身はオジイの車椅子をさらに遠ざける。

オバア （オジイの分身に向かって）ねえ！（それから振り返って、自分の分身に向かって）ちょっと！　ねえ、ちょっと！

オバアの分身はオバアの車椅子をオジイに近づけるが、勢いあまってオジイの前を通り過ぎてかなり先まで行く。

オバア （振り返って分身に）ちょっと！

オバアの分身はオバアの車椅子をオジイの車椅子のそばに寄せる。オジイはうなだれて眠っているようにも見える。しかし口元は動いている。

オバア　（振り返って分身に）ありがとう。（間をおいてオジイに）ごめんね。（振り返って分身に）お願い。

オバアの分身はオバアの車椅子をオジイの車椅子にさらに寄せる。

オバア　（オジイの顔に顔を近づけて）なに？　（さらに大きな声で）聞こえる？　（間）聞こえないの？　なに？　なに？

舞台の奥から大勢の声　なに？　なに？　なに？

オバア　（舞台の奥に首を向け、ひどく困惑して）なに？

舞台の奥から大勢の声　なに？

オバア　（怯えて）こだま？　（間）音がずいぶん響くのね。わたしの声？　ちがう？　（オジイに）聞こえる？　（間）聞こえない？　（オジイの顔に耳を近づけて）なに？

オバアは「なに？」と言った瞬間に顔を上げ、あたりを見回す。声は返ってこない。

オバア　（振り返って分身に、すがるように）聞こえた？

オバアの分身の表情は、仮面をかぶっているので変わらない。

オバア　（オジイの背後に立った分身に、すがるように）あなたは？　聞こえた？

オジイの分身の表情も、仮面をかぶっているので変わらない。

舞台の奥から大勢の声　おー。あー。おー。あー。おー。あー。

オバア　（オジイの顔に耳を近づけてから、上体をもとに戻して）ちがうわね。あなたじゃない。

舞台の奥から大勢の声　おー。あー。おー。あー。おー。あー。

オバア　（背筋を伸ばし、声のほうに首を向けて）なに？　苦しそう……。（オジイに）え、あなたなの？　あなたじゃないわよね？

沈黙。

オバア　（振り返って分身に）この人じゃないわよね？（オジイの分身に）ちがうわよね？（分身たちから返事がないので、オジイの口元に再び耳を寄せて）ちがうわよね？　あなたじゃないわよね？（間）聞こえてる？（間）ねえ、生きてる？
舞台の奥から大勢の声　おー。あー。おー。あー。おー。あー。
オバア　（声を無視して）死んでる？
舞台の奥から大勢の声　おー。あー。おー。あー。おー。あー。
オバア　（絶望的に）ねえ！　やめて！　どっちなの？

オジイが突然、頭をもたげて口を激しく動かす。

舞台の奥から大勢の声　（オジイの口の動きに合わせて）おー。あー。おー。あー。おー。あー。
オバア　なに？　なに？

オジイはオバアに顔を向ける。二人の目と目が合う。たがいにやさしいまなざしになる。ほほえみあう二人。オジイの口元が動く。声は発せられない。

オバア　（振り返って分身に）お願い。

オバアの分身はオバアの車椅子をオジイの車椅子に近づけようとする。しかし二台はすでにぴったりと寄り添っている。

オバア　（オジイの口元に耳を近づけてから顔を上げて）なに？　来た？　（オジイに聞こえるようにさらに大きな声で）誰が？　（オジイの口元に再び耳を近づけたあと、顔を上げて）あの子が来た？　（間。考え深げに）あの子？　（間）まさか。（首を軽く振ってさらに大声で）まさか！（口元を動かしているオジイの顔に自分の顔を近づけて）なに？　ちがう？　ちがうの？　お祭り？　（間）お・ま・つ・り？　（耳を傾けながらうなずき、笑う）お祭りの音？　お囃子？　お囃子が聞こえるって？　（オバアは首を伸ばして周囲の音に耳を澄ます）テレビ、テレビの音じゃない？　（振り返って分身に）お願い。

オバアの分身は、オバアの乗った車椅子を舞台の斜め後方に向ける。舞台の奥を、疲れ切った人々が小さな群れ（五人から十人）を作って足を引きずるようにして歩いていく。山のような荷物を背中に担いだ人、荷車に乗せられた怪我人や病人を引っ張っていく人、子供の手を引く、あるいは子供を背負ったり抱いたりした人など、さまざまな人たちが現われる。ほとんどの者が汚れた布で体を包み込んだり布を引きずったりしている。

オバア　（困惑したように）あれ？　見たことがある？

小さな群れ　ない！

以後、オバアが言葉を発すると、そのときに舞台にいる小さな群れがオバアの声に応える。

オバア　見たことない？

小さな群れ　ある！

オバア　（狼狽して）あれは、わたしたち？
小さな群れ　あなたたち！
オバア　（思わず）うそ！
小さな群れ　うそ！
オバア　（安堵したように）ほんと？
小さな群れ　うそ！
オバア　どうしてわたしたちなの？　どうして？
小さな群れ　なぜなら！
オバア　なぜなら？
小さな群れ　なぜなら！
オバア　（困惑気味に）もしもあれがわたしたちなら。わたしたちだったなら。
小さな群れ　あなたたちはわたしたち。わたしたちはあなたたちだった。
オバア　あれはお祭りじゃない。お・ま・つ・りじゃない。
小さな群れ　お祭り。お・ま・つ・り。
オバア　どうして？
小さな群れ　なぜなら！
オバア　……じゃない。お祭りじゃない。

小さな群れ　お祭り！　春祭り！　夏祭り！　秋祭り！
オバア　……じゃない。お祭りじゃない。
小さな群れ　お祭り！　火祭り！　血祭り！
オバア　（振り返って分身に）そうなの？　ちがうの？　（オジイの分身に）そうなの？
小さな群れ　なぜなら！　なぜなら！

そのとき舞台上にいる小さな群れがオバアのもとに駆け寄ってくる。オバアの分身から場所を奪い、オバアの車椅子を動かす。小さな群れにもてあそばれるオバアの分身。小さな群れはしばらくそうやってオバアの車椅子を動かすと、舞台から立ち去る。

オバア　（ぐったりして）あなたたちはわたしたち。わたしたちはあなたたち。だったら……。

また新しい小さな群れがオバアのもとに駆け寄ってきて、一部がオバアの分身をもてあそび、残りの一部がオバアの顔を覗き込む。

小さな群れ　だったら？　立ったら？　立って逃げたら？　這って逃げたら？

そう言い残すと、オバアを置いて立ち去る。

オバア　（立ち去っていく小さな群れを目で追いかけ、手を伸ばしながら）やっぱり逃げてるのね？　いられなくなったのね？　なのに、お祭り？　それがお祭り？

小さな群れ　（オバアのほうを振り返りながら）あとの祭り！　あとの祭り！

祭りの音楽が聞こえてくる。

オバア　あなたたちは……。

小さな群れ　（オバアの言葉を訂正するように強く）わたしたちは！

オバア　（訂正されるのを恐れるかのように、小さな群れの様子を窺いながらおずおずと）わたしたちは……失った。（間）わたしたちは故郷を失った。

小さな群れ　失った。

オバア　わたしたちは故郷を奪われた。
小さな群れ　奪われた。
オバア　（分身に）お願い。

分身はオバアの車椅子を動かす。客席に背を向けて、オバアはしばらく舞台の奥を通り過ぎていく人々の群れを見つめる。さまざまな人々。みなすべて汚れ、疲れ、飢え、足取りが重い。舞台の奥を歩く人々の群れの衣装がだんだんと黒ずんでくる。オジイは相変わらず客席を向いたまま車椅子に座っている。

オバア　（振り返ってオジイに）見た？　ほんと？　（オジイが頭を動かす）あれ、わたしたち？
人々の群れ　あなたたち。
オバア　（振り返ってオジイに）気づいた？　おかしくない？
人々の群れ　おかしくない！
オバア　あの人たち、影がないのね？　（振り返ってオバアは自分の分身とその足元をしげしげと眺める。人々の群れを指さして分身に）あっちに行きたい？

オバアの分身は動かない。

オバア　（オジイの分身に）あなたは？

オジイの分身も動かない。

オバア　（ため息をつく）あれがわたしたち？　（人々の群れに）ねえ、聞いてくれる？

沈黙。返事はない。

オバア　（振り返って）都合が悪くなると返事はしない。（間）ふふふ。（オジイのほうを向き、力なく手を伸ばしながら）この人と一緒。ねえ？　ねえ？

オバアの分身が身を乗り出す。

オバア　あなたじゃない。（オジイの分身を指さす）あっち。その人。（振り返って自分の分身に）お願い。

分身たちは車椅子の向きを変える。オバアとオジイの車椅子が客席を向いて並ぶ。太鼓が鳴り響く。音楽が流れる。オバアは少しのあいだ音楽に聞き入っている。オジイは先ほどからうなだれて眠っているようにも見える。背後では相変わらず人々の群れが行ったり来たりしている。

オバア　（オジイの分身に）この人、眠っているのかしら？（オジイに）ねえ？ねえ？（オジイの分身に）寝てる？

オジイの分身は動かない。

オバア　（振り返って自分の分身に）寝てる？

オバアの分身は動かない。

オバア　（ため息をついて、オジイに）寝てるのね？　静かね。（音楽に耳を澄ます）よく聞こえる。お祭り？　（笑う）血祭り？　（笑う）乳祭り？

　並んで立つ分身たちは首を動かし、見つめあう。そして再び前を向いて観客を見つめる。

オバア　（不意に苦しそうに胸を両手で押さえる。両手を目の前にかざして見つめながら）血？　乳？　（両手をこすりあわせて洗う仕草）とれない？　とれない？　（両手を見つめて）血でもない？　乳でもない？　（両手を洗うふりをする。両手を腿で拭う。右手にはどす黒い、ほとんど黒に近い赤の塗料が、左手には濁った白の塗料がたっぷりとつく。再び目の前にかざす）とれない？　（上体を乗り出して両手をオジイの顔の前にかざす）とれてない？

　オバアは両手でオジイの頬をはさんで、いとおしそうにさする。両手を離してしげしげとオジイの顔を眺める。オジイの顔には、オバアの両手についていた黒と白の塗料がまだら模様となって混じりあう。オバアは笑う。それから両手で顔を覆ってうつむく。笑っているのか泣いているるのかわからない。

オバア　(再び前に向き直り、顔を上げ、顔から両手を離す。オバアの顔も黒と白のまだら模様に汚れている。両手をしげしげと眺める) 血？　乳？　(間) 血で汚された？　乳で汚された？　(白と黒の塗料で汚れた両手を眺めて) 汚れた血？　汚された乳？　(振り返って自分の分身に) ほんと？　(オジイの分身に) ほんと？　(再び自分の両手を見つめて) 血も……乳も……汚れてる？　(絶望して) この血のせい？　この乳のせい？　(座ったまま前屈みになって両手を差し出して地面に近づける。両手から滴が垂れる仕草をする) ぽたぽた。ぽたぽた。(間) 血が汚す？　乳が汚す？　(間) ちがう。(間) 汚された。(間) 血も、乳も、土も、汚された。(間) 血も、乳も、土も、わたしたちも、なにもかも、汚された。(間) 壊された。

人々の群れ　汚された。壊された。(間) 失った。

オバア　(オジイに) 悪いのはわたしたち？　(間) 寝てるの？　(ため息をついて、ほほえむ) 起きていても返事はなし。寝ていても返事はなし。(間) 言葉も汚された？　(間) 言葉も壊された？　(間) 言葉も失われた？　(間) 沈黙は金なり？　(少し怒ったように) 黙っていても金にならないのよ！　要求しなきゃ！

でも……誰に？

オバアは黙り込む。それから両手を伸ばし、空気をかき分けながら何かを探し何かを確かめるかのような仕草で踊る。

オバア　沈黙まで汚された？　壊された？　失われた？　（オジイに）逃げ道はないのよ。（オジイをしげしげと眺める）まさか……もしかして眠りのなかに……ある？　眠りのなかに逃げ道がある？　（目を見開きながら）ひとりで行くつもり？　（間）わたしを置いて。（オジイのほうに身を乗り出して、顔に耳を近づける）そうなの？　そうなの？　（間）逃げるつもり？　（オジイの口がもごもごと動くのを見つめ、驚く）えっ！　なに？　探しに行く？　探しに行くの？　誰を？　（間）まさか？　（さらに顔を近づけ、不意に仰天したように顔を上げる）あの子を？　あの子を？　そんなところで見つかるの？　わたしたちのあの子が？　ヨロコビが？

オバアはオジイの腕に手をかけて揺さぶる。

オバア　（オジイに）そんなところにあの子がいるの？　え？　暗闇のなかに見える？　（間）え？　見えるの？　見えるの？　（納得して）そうよね、そうよね。ヨロコビはわたしたちの光だった……光だもの。（間）闇を照らす一筋の光。（力をこめて）しっかり見て！　目を離さないで！　追いかけて！　（興奮して叫ぶ）来た、見た、勝った！　（オジイの分身に）ほら、なにしてるの？　ほら、もっと早く！　（オジイに）早く、早く！

オバアはオジイの腕を握りしめて、さらに激しく揺する。オジイの体ががくがく動くのを見て、はっとして動きを止める。

オバア　（困惑して）ああ、ごめんなさい！　いけない！　いけない！　起こしちゃたいへん！　光が、あの子が、ヨロコビが、見えなくなる！　失われる！（オジイの腕をやさしくさすりながら）眠れ、眠れ、深く、深く。あの子を見つけてきて。お願い！

舞台の奥を横切っていく人々の群れのなかで弦楽器を持っている者が、シューベルトの子守歌のメロディーを奏でる。

オバア　（シューベルトの子守歌の冒頭をくり返し歌う）眠れ、眠れ、母の胸に眠れ、眠れ、母の胸に……。眠れ、眠れ、あの子をここに、眠れ、眠れ、わたしの胸に……。

オジイが再びうなだれる。

オバア　（オジイの分身に）ねえ、この人、いま起こせないから。あなたが代わりに聞いてくれる？

オジイの分身は動かない。

オバア　（振り返って自分の分身に）あなたでもいいわ。聞いてくれる？　（間）わたしたちには……（激しく咳き込む）わたしたちには……（激しく咳き込む。驚いたように、オジイを見つめる）言っちゃだめ？　だめなの？　（息を深く吸い込んでから）わた……（言い終えることができず、胸を押さえて激しく咳き込む。オジイに）大丈夫よ。わたしたちだけじゃない。

オバアは一度両手で顔を覆ってうなだれる。肩が揺れる。

オバア　（両手を顔から離す。寝ている様子のオジイの気配を窺う）わたしたちには……（今度は咳き込まないので、自分でも驚いて言うのをやめる。オジイに）いいのね？（間）わたしたちには……。

人々の群れ　わたしたちには……。

オバア　（ほほえむ。独り言を言うように）あなたたちがわたしたち。わたしたちがあなたたち。だったら、わたしの代わりに言ってくれる？（オジイに）ねえ、あなた、いいわよね？

小さな群れ1　逃げた。

小さな群れ2　身ひとつで逃げた。

人々の群れ　すべてを置いて逃げた。

オバア　すべてを……。

オバアは手を伸ばしてオジイの手を握る。

小さな群れ１　わたしたちだけじゃない。
小さな群れ２　地霊も精霊も鬼も物の怪も。
小さな群れ３　見えないけれどそこにあった者たちも。
小さな群れ１　逃げた。
小さな群れ２　逃げた。
人々の群れ　逃げなければならなかった。

オバアはオジイの顔を覗き込む。

オバア　お墓はどうなっているのかしら？（間を置いて、オジイに）ねえ、あの子が訊いたわよね？一緒にお墓参りに行ったときに。「ここにはなにがあるの？」って。「ご先祖さまが眠っているよ」ってあなたは教えてあげた。
オバア（あっと驚き、オジイに）そうよ、あのころはまだ、あなた、ちゃんと喋ってたじゃない？喋れてたのよ。（オジイになんの反応もないのを見て、首を振る。再びオジイに）ねえ、覚えてる？「会える？」ってあの子が訊いた。そしたら、あなたは言ったわよね。「会えるよ」って。あの子は嬉しそうにほほえんだ。それから、あの子はさらに訊こうとした。なのに……。（間）あの子が、なにを訊こうとしていたのか、わたしにはわからなかったのに、わかった気がして、わたしは先に答えてしまった。訊かれる前に、わたしはつい言ってしまった。あんなことを言うんじゃなかった。なのに言ってしまった。「きょうは会えないけど、すぐに会えるわよ」

人々の群れ　どうしてそんなことを！

オバア　（オジイに）覚えてる？　あの子があんなに目を輝かせるものだから、わたしは言ってしまった。言わなきゃよかった。言うべきじゃなかった。言ってはならなかった。「すぐに会える」なんて。（間）あの子はそれ以上なにも訊かなかった。忘れているみたいだった。わたしだって忘れてた。だけど、逃げなくてはならなくなったとき、あの子は訊いた。「いいの？」って。覚えてる？「なにがいいの？」ってわたしは訊いた。「あの人たちは？」ってあの子は言った。わたしは訊き返した。「あの人たちって？」（子供の口調で）「あの人たち」（もとの口調で）「あの人たち？　だから、誰のこと？」（子供の口調で）「お墓の下にいる人たち。あの人たちは置いていくの？　連れて行かないの？」

小さな群れ1　置いていくの？

小さな群れ２　連れて行かないの？
オバア　（オジイに）あんなこと、言わなきゃよかった。でもわたしは言ったのよ。
「大丈夫、もう先に行ったから」
人々の群れ　どうしてそんなことを！
オバア　（そこにはいない子供に向かって）「ほんとよ。先に行って、わたしたちを待ってくれてる」（オジイに）あんなこと、言わなきゃよかった。でもわたしは言ったのよ。それは嘘じゃなかったから、言ってもよかったんだって、あとからわたしは自分に言い聞かせた。いまも言い聞かせてる。でも、わたしは言った。「先に行って、わたしたちを待ってくれてる」って。それは嘘じゃない。でもそこでやめておくべきだった。それ以上言わなくてもよかった。言うべきじゃなかった。言ってはならなかった。（オジイに少し不満げな口調で）なんで、あのとき、止めてくれなかったの？「やめろ！」って言ってくれなかったの？（ため息をつく）いまも昔もなんにも言わない。大切なことはなんにも言わない。影のように黙りこくって！　止めてくれれば、あんなことを言わなくてすんだ。（われに返って）まるであなたのせいみたいね。（間）わたしのせい？　わたしは言った。あの子に言ってしまった。「すぐに会えるわよ」
人々の群れ　（絶望した声で）どうしてそんなことを！

オバア　わたしたちにはあの子がいた。でも、いまはいない。

　　　オバアは顔を上げて、遠くを見つめる。

人々の群れ　いまはいない……。

オバア　いたのよ……。

　　　沈黙。

オバア　いたのよ……。わたしたちには。わたしたちにも。（オジイに）覚えてる？

　　　沈黙。

オバア　川が見えた。あの川を越えれば、もう大丈夫。（間）でも着いたとき、あの子はもう息をしていなかった。（動かない子供を胸に抱きしめる仕草をする）。あの川の水はもう飲めない……もう二度と飲めない……わたしのなかで白い血となり黒い乳となる……。

オバアは力なくうなだれる。
舞台の奥。幼い子供を抱いた母親とそのそばに立つ父親。子供を手放そうとしない母親。その母親を説得して、父親は子供を受け取ると、その動かない小さな体を地面に掘られた穴にそっと横たえる。母親は力なくその場にくずおれる。
ずっと小さな音で聞こえていた祭り囃子の音がだんだん大きくなっていく。

オバア　（振り返って、人々の群れを見て）あれはわたしたち？　あなたたちはわたしたち？　だったらどうしてあなたたちはそこに？　わたしたちはここに？

雷鳴なのか爆発音なのか轟音が引き裂く。飛行機やヘリコプターが飛来する音も混じる。

オジイ　（不意にがばりと顔を上げ、片手を前に伸ばして何かを追い求めるように）

おー。おー。おー。

オバア（ぱっと顔を輝かせてオジイに）見つかった？　見つかった？

オジイ　おー。おー。おー。

オバア　なに？　おーまつり？　お祭り？　なに？　なに？

オジイ（ひどく混乱して両腕を振り回しながら）おー。おー。おー。

オバア（オジイの分身に）お願い。（自分の分身に）お願い。

分身たちはオジイとオバアの車椅子を押して、舞台の奥で立ちすくむ人々の群れに合流する。群れの人たちはオジイとオバアの肩に布をかけてやるなどして、二人を親しげに迎え入れる。全員で舞台から重い足取りで立ち去っていく。その群れのなかにいたヨロコビとシェンシェイが群れから離れて、舞台の中央にやって来る。

第4場

丘の上。ヨロコビとシェンシェイは並んで座り、下方の村を眺めている。二人の下には布が敷かれてある。シェンシェイの分身は退屈そうに周囲をぶらぶらしている。遠くから祭りを告げる音楽が聞こえている。

シェンシェイ　川沿いの道を行くあれは？（間）ずいぶん長いな。川の影みたい……。（自分の言葉に驚き、問い返すように）川に影なんてあるのかな？　木の影や人の影は川に映る。でも川そのものに影ってあるのか？（背後を振り返る。分身はいない。再び前を向いて）あるのか？（横を向いてヨロコビを見る。立ち上がり、ヨロコビの周囲を見渡す。再び座り、ヨロコビに）きみには影がないんだね？

ヨロコビ　（笑い、シェンシェイの言葉をくり返す）ないんだね？

シェンシェイ　（困惑気味に）きみには影がないね？
ヨロコビ　ないね？

シェンシェイはため息をつく。ヨロコビもため息をつく。

シェンシェイ　（怪訝そうに）ふざけてる？
ヨロコビ　ふざけてる？

沈黙。

シェンシェイ　（ヨロコビから顔をそむけ、独白するように）言葉も壊れた？　取り返しのつかないほど？　仕方がない？　いちばん壊れやすいものだから……。
（再びヨロコビのほうを向いて）ふざけてる？
ヨロコビ　ふざけてる？
シェンシェイ　（ヨロコビから顔をそむけて）こだまみたいだ。（間）同じことのくり返し。（間）くり返される時間。（間）時間が進まない。（間）進まないのは汚れているから？　壊れているから？　汚れる？　壊れる？　時間も？　（間）同じ時間のなかに閉じ込められているみたいだ。（間）じゃあ、その同じ時間ってのはいつなんだ？　いつも同じじってことは、いまでもなければ、過去でもなければ、未来でもない？　いまでもあり、過去でもあり、未来でもある？　いまはいつ？（あたりを見回して）ここはどこだ？
ヨロコビ　どこだ？
シェンシェイ　（笑う）こだまみたいなこどもだ。（間）こだまみたいなこども？（間）こどもみたいなこだま？（ヨロコビに）こだまに影はある？
ヨロコビ　ある？
シェンシェイ　（ヨロコビに）こだまは声の影？
ヨロコビ　影？
シェンシェイ　忠実な影？
ヨロコビ　声？
シェンシェイ　声？（驚いて）なんて言った？　声って言った？
ヨロコビ　言った？
シェンシェイ　（肩をすくめて、ため息をつく）堂々巡りだ。

ヨロコビは嬉しそうに体を回転させながら踊り始める。

シェンシェイは手をひさしのようにかざして下方の川の流れとそれに沿った道を進む行列を眺めている。

シェンシェイ （自分に問いかけるように）堂々巡り？　あそこを行く人たちも堂々巡りしているだけ？

ヨロコビは踊りに夢中になっている。それを見ていたシェンシェイの分身が近づいてきて一緒に踊り出しそうになる。

シェンシェイ （分身に手招きをする）ちょっとこっちに。

シェンシェイの分身はシェンシェイの言葉に気づかないふりをして踊り出す。

シェンシェイ （やや強い口調で）ちょっとこっちに。

分身は動きを止める。いやいやながらもシェンシェイのそばに来る。

シェンシェイ　（立ち上がりながら）こいつにはまだ言葉が通じる。（分身をしげしげと見つめながら）それにしても、ずいぶん汚れちゃったね。（服の破れ目をさわりながら）これ、どうしたの？　いろんなところを怪我してる。（肩や腕にやさしく触れながら）これは……いったいどうしたんだい？

シェンシェイの分身も同じようなやさしい仕草で先生の体に触れる。踊りながらヨロコビがシェンシェイに近づいてくる。踊りをやめ、シェンシェイのそばに立つと、シェンシェイの分身と同じ仕草をする。シェンシェイはさわられながら自分の体も分身の体と同じようになっていないか検分するように眺める。

シェンシェイ　（分身に）わたしもきみみたいになっていないとおかしい？
ヨロコビ　おかしい？
シェンシェイ　（自分の体をもう一度見てから分身に）どうやらわたしは大丈夫。
ヨロコビ　大丈夫。
シェンシェイ　（分身の手を払いながら）大丈夫、大丈夫だって。

ヨロコビ　（分身に）大丈夫だって。

シェンシェイの分身　（ヨロコビに）ほんと？

ヨロコビ　（分身に）うん。（シェンシェイのほうに目を向けながら）だって、そう言ってるよ。

沈黙。

シェンシェイ　（分身とヨロコビをしげしげと見つめて）きみたちは話せるわけ？

二人は返事をしない。

シェンシェイ　まあ、いいか。言葉が壊れていないなら。

シェンシェイはその場に膝を抱えて座り込む。

シェンシェイの分身　（ヨロコビに）どこから来たの？

ヨロコビ　（ほぼ同時に）どこから？

分身とヨロコビは顔を見合わせて笑う。

ヨロコビ　（下方の行列を指さしながら）あそこから来た？
シェンシェイの分身　（やはり同じ仕草で、ほぼ同時に）あそこから？

二人は顔を見合わせて笑う。

シェンシェイの分身　（遠くを見ながら）行列だ。
ヨロコビ　（やはり遠くを見ながら）なにしてるの？　（間）待ってるの？　食べ物が配られるのを待っているの？
シェンシェイの分身　いや、動いている。みんな嬉しそうだ。
ヨロコビ　きっと何日も食べてなかったのね。

ヨロコビが立ち去ろうとする。

シェンシェイの分身　ねえ、どこに行くの？

ヨロコビ　（立ち止まり、振り返って）わたしも並ぼうかなって。見てたら、おなかがすいてきちゃった。なにがもらえる？　豚汁？　だんご汁？

シェンシェイ　（懇願するように）行っちゃだめだ。

積み上げられていた物が崩れ落ちるような大きな音が聞こえる。ヨロコビとシェンシェイの分身は驚いて振り返る。音楽が聞こえ出す。

ヨロコビ　何の音？　爆発？

シェンシェイの分身　太鼓の音？

ヨロコビがシェンシェイの分身のそばに戻ってくる。

シェンシェイの分身　やっぱりお祭りだ。みんな着飾って。あれ？　鬼とか精霊もいるよ。

ヨロコビ　みすぼらしい恰好……あんなぼろぼろの服でどこに行くのかしら？

シェンシェイの分身　ぼろぼろ？　でも足取りは軽やかじゃない？

ヨロコビ　そうかなあ……。（気づいて）みんな何かをひきずってる。

シェンシェイの分身　ひきずってる？　影じゃない？
ヨロコビ　そうかなあ……。ずいぶん重そうね。

沈黙。

シェンシェイの分身　（思案げに）たしかに……。軽やか……ではないね。（音楽に耳を澄ましながら）でも、これはお祭りの音楽だよね……。（努めて明るく）うきうきしてこない？
ヨロコビ　（うつむきがちになって音楽に耳を澄ませていたのが、顔を上げて）ずいぶん悲しいのね？
シェンシェイの分身　悲しい？　（首を傾げて音楽に集中して）そうかな。そう言われると、そうかなあ……。（うつむきがちになって音楽に耳を澄ます）たしかに……。うきうき……はしないね。
ヨロコビ　（遠くを指さす）あれは？　あれはなに？
シェンシェイの分身　あれって？
ヨロコビ　ほら、あそこ、おうちみたいなものがある。
シェンシェイの分身　（額に手をかざしながら）どれ？　おうち？

ヨロコビ　ほら、みんなで担いでるでしょ？
シェンシェイの分身　どれ？　ああ、あれ。
ヨロコビ　おひつじ？
シェンシェイの分身　（困惑気味に）ひつじ？
ヨロコビ　おひつぎ？
シェンシェイの分身　ああ、棺ね。（驚いて）ひつぎ？　どこ？

二人は手を額にかざす。シェンシェイも立ち上がると、二人に加わって同じ仕草で遠くを眺める。

シェンシェイの分身　あれは棺じゃないと思う、たぶん。
ヨロコビ　じゃあ、なに？
シェンシェイの分身　御神輿かな。（シェンシェイに）あれ、御神輿ですよね。

シェンシェイは答えない。

シェンシェイの分身　（シェンシェイに）あれは葬列じゃないですよね？　ちがい

ますよね？

シェンシェイは答えず、もといた位置に戻る。地面に広げられてある布を手に取ると、それを頭からかぶって座る。その様子をヨロコビとシェンシェイの分身は見ている。

シェンシェイの分身　（シェンシェイから目をそらし、額に手をかざして再び遠くを見る）うん。あれは神輿だよ。

ヨロコビ　ひっこし？

ヨロコビ　みこし？

シェンシェイの分身　（一瞬、笑う）み・こ・し。

シェンシェイの分身　そう。おみこし。

ヨロコビ　おうちみたい。屋根もあるし。扉もある。誰が住んでるの？　死んだ人？

シェンシェイの分身　神様。

シェンシェイ　（立ち上がり、布を体からはぎ取ると、叫ぶ）神は死んだ！　神は死んだ？　（再び布を頭からかぶって座る）

ヨロコビとシェンシェイは呆気にとられたのち、顔を見合わせておかしそうに笑う。

ヨロコビ で、みこしって？
シェンシェイの分身 神様の乗り物。
ヨロコビ 乗り物？　でも、おうちみたい。うん、屋根もあるし、やっぱりおうちみたい。
シェンシェイの分身 （笑う）そうだね。神様のおうちだ。
ヨロコビ 神様はなかでなにをしているの？
シェンシェイの分身 さあ。（間）寝てるのかも。
ヨロコビ 寝てるだけ？
シェンシェイの分身 だんご汁でも食べてるのかも。（ヨロコビに顔を近づけ、目のなかを覗き込み、体を小さく揺らしながら）あるいは……。
ヨロコビ （踊り出しながら）踊ってる？

ヨロコビは踊りながらシェンシェイのところに行き、手を差し出す。頭からかぶった布の下からシェンシェイの手が出てくる。しかしシェンシェイはヨロコビの手を取るのをためらう。シェンシェイはいったん中腰になりかけるが、結局、再び座る。ヨロコビは踊るのをやめる。シェンシェイのもとから立ち去るふりをしつつ、シェンシェイのかぶっていた布をさっと引っ張って取り上げる。シェンシェイは布を取り戻そうと立ち上がるが遅い。諦めて座る。ヨロコビは布きれをはためかせて踊りながら、シェンシェイの分身のもとに戻る。

ヨロコビ　あの人たち、みんなどこに行こうとしているの？
シェンシェイの分身　どこにって？
ヨロコビ　ああやって、みんなで神様をどこに連れて行くの？
シェンシェイの分身　さあ？　どこだろう……？　神様が行きたいところじゃない？
ヨロコビ　それって、みんなが行きたいところ？
シェンシェイの分身　みんなが行きたくないところかもね。
ヨロコビ　（自問するように）みんなが行きたいところに神様を連れて行ってるのかなあ……？

シェンシェイの分身　両方の意見が一致してたらいいんじゃない？
ヨロコビ　そんなことってあるの？

沈黙。
ヨロコビが布をひらひらと揺らして踊り出す。

ヨロコビ　（目を細めて）あの人たち、やっぱり逃げてるんじゃないの？
シェンシェイの分身　なにから？　（間）でも音楽が聞こえるよ？
ヨロコビ　あー、だから！
シェンシェイの分身　だから？
ヨロコビ　だから、痛みや悲しみや苦しみが聞こえないのね。（間）ひどい……。
シェンシェイの分身　（しばらくヨロコビを心配そうに見つめてから）なにが？
ヨロコビ　みんなが家をなくしたのに、神様にはおうちがあるのね。
シェンシェイの分身　だって神様だもの。
ヨロコビ　神様は特別なの？　（間）特別な神様なの？
シェンシェイの分身　（怪訝そうに）特別？　神様だもん。そりゃ特別だよ。
ヨロコビ　でも、特別じゃない神様もいるよ。すみかをなくした神様もいるよ。

シェンシェイの分身はヨロコビの動きを止める。

シェンシェイの分身　どういうこと？　どうしてそんなことがわかるの？
ヨロコビ　わからない！
シェンシェイの分身　（ヨロコビの背後に誰かいるのではないかと探しながら、怒ったような口調で）誰がそんなことを言わせてる？
ヨロコビ　わからない！

ヨロコビはシェンシェイの分身の手を振りほどくと、布を揺らしたり体に巻きつけたりしながら、再びゆるやかな動作で踊り出す。

ヨロコビ　（悲しげに）おうちがなくなったのは人間だけじゃない。土地に、土地のいろんなところに、山に、畑に、川に、海に、木に、石に、いろんなところで一緒に生きていた小さな神様たちが、みんな出ていかなくちゃいけなくなった。神様たちだけじゃないよ。鬼たち、精霊たちも。（シェンシェイのほうを見る）あの人も……。

シェンシェイの分身　（ヨロコビの視線を追って、シェンシェイのほうを見つめ）あの人……。あの人？
ヨロコビ　（シェンシェイに近づき、踊るのをやめてそばに立つ）人じゃないの？　やっぱり鬼？　それとも、なにかの精霊？
シェンシェイの分身　きっと自分でもよくわからないんだ……。
ヨロコビ　悲しそう……。
シェンシェイの分身　帰るところもないし。
ヨロコビ　この人も？
シェンシェイの分身　人？　（間。自問するように）やっぱり人なのかな……。
ヨロコビ　鬼？　精霊？　（呆れたように）あなた、わからないの？　いつも一緒なんでしょ？
シェンシェイの分身　どっちにしても同じ。鬼だろうが、人間だろうが、投げかける影は同じ。形にも濃さにもちがいはない。（間。自問するように）いや、あるのか……。

ヨロコビはシェンシェイに近づくと、手にしていた布を広げて、そばに座ったシェンシェイの全身を覆う。

舞台の上に人々が現われてくる。疲れ切った人々の群れ。全員が水色の大きな布をまとったり、引きずっていたりする。ときどき布を上げたり下げたり、はためかせたりする。人々は舞台の中央を横切りながら蛇行する。そのようにして舞台そのものを分断する。はじめは人数も少なく細い流れ。少しずつ人数が増えていき、流れが太くなる。
ヨロコビは踊ろうとするが、どうしてもうまくいかない。何度か試みたのち諦め、歩き出す。シェンシェイの分身があとを追う。

ヨロコビ　壁や地面に投げかける者がいなくなったら、影はどこに行くの？　突然、人が消えたら、影はどうするの？　やっぱりうろたえる？　（シェンシェイを見ながら）この人が、この鬼が、いなくなったら、（シェンシェイの分身に）困る？　行き場を失ってみなしごになる？　（間）人が倒れるのは……。

なにか巨大なものが部分的に崩れ落ちる大きな音が響く。ヨロコビはおぼつかない足取りでよろめき出す。シェンシェイの分身は、ヨロコビを支えようとする。二人はそのまま、布で覆われたまま座るシェンシェイのところまで行く。力尽きたかのように膝をつく。

ヨロコビ　人が倒れるのは……。（地面にゆっくりと横たわる）影をひとりぼっちにしないため？　もう一度、ひとつになるため？　（うつぶせになって地面を抱擁する）こんなふうに？　（ごろんと仰向けになって）でもそれでどうなるの？

シェンシェイは自分を覆う布から手を出す。何かを探すように動くその手をシェンシェイの分身がつかむと、シェンシェイと一緒に立ち上がる。

シェンシェイ　（ヨロコビを見下ろして）本当にわたしが見たこと？　（自分の分身に）生きたこと？

シェンシェイとヨロコビ、シェンシェイの分身の三人が位置している場所から見て、さまよう人々が作る流れに遮られた反対側に、オジイが現われる。車椅子に座り、布で覆われた分身に車椅子を押されている。オジイは人々の流れのそばまで近づく。

オジイ　（ヨロコビに気づき、両手を伸ばして叫ぶ）おー。おー。おー。
シェンシェイ　（立ち尽くし、人々の群れを見つめながら）見たこと？　見なかったこと？　生きたこと？　生きなかったこと？　見たけれど生きなかった？　見なかったけれど生きた？　生きたけれど見なかった？　生きなかったけれど見た？

舞台の端に、布をまとった分身に押されて、車椅子に座ったオバアが現われる。

オバア　（オジイに叫ぶ）あなた！

オジイはオバアを振り向く。

オバア　いるの？　あの子はそこにいるの？
オジイ　おー。おー。おー。

オバアはオジイに近づく。

オバア　わたしたちの宝は！
オジイ　おー。おー。おー。

オバアはオジイにさらに近づく。

オバア　わたしたちの命は！
オジイ　おー。おー。おー。

オバアはオジイの横に並び、その腕を強くつかむ。

オバア　わたしたちのヨロコビは！

オジイとオバアは、人の流れのために、ヨロコビたちにそれ以上近づくことができない。

オジイ　（両手を伸ばして叫ぶ）おー。おー。おー。

オバアはオジイにすがりつく。

オジイ　（叫ぶ）おー？　おー？

シェンシェイは布を片手に持ったまま、横たわって動かないヨロコビを見つめる。シェンシェイの分身がヨロコビの頭のそばにしゃがみ込んでヨロコビに何かをささやきかける。しかしヨロコビは動かない。雷鳴か砲撃を思わせる太鼓の音が鳴り響く。人々の群れの各自がまとう布が激しく揺れる。

シェンシェイ　（怯えた様子で布を頭からかぶり、背中を丸めて）聞こえた？　聞こえなかった？

祭りの盛装をした行列が、布をかぶった疲れ果てた人々の群れの反対側から現われる。この行列もまた、疲れ果てたさまよう人々とすれ違いながら、舞台の中央を横切る。さらに舞台の奥には村人たちが現われる。

男1　来た！　ついに来た！
女1　来た！　ついに来た！
子供たち　どこ？　どこ？
村人たち　来た！　ついに来た！
子供たち　ほんと？　ほんと？
シェンシェイ　（布から顔を覗かせて）祭り？　これが祭り？

さらに大きな音が鳴り渡る。祭りの音楽が鳴り響く。

オジイ　（叫ぶ）おー。おー。おー。

シェンシェイは立ち上がる。シェンシェイはヨロコビを見下ろす。

シェンシェイ　見た？　見なかった？

シェンシェイはかぶっていた布を広げてヨロコビの全身を覆う。ふと顔を上げ、オジイとオバアに気づく。布で隠されたヨロコビをまた見る。
ヨロコビは動かない。

シェンシェイ　生きた？　生きなかった？

意を決してシェンシェイはオジイとオバアのところに行こうとする。しかし人々の作る流れに遮られる。そこに思い切り飛び込むが、のみ込まれたかと思えば、たちまちはじき出される。それを何度かくり返す。強くはじき飛ばされるたびにシェンシェイをシェンシェイの分身が受けとめる。流れの反対側で、オジイとオバアもまた、車椅子を分身たちによって動かされながら踊り出す。

男１　来た！　ついに来た！
女１　来た！　ついに来た！
男２　ほら見ろ！
女２　あそこ！
子供たち　（シェンシェイを指さしながら）あれ、なに？　あれ、なに？

シェンシェイを手助けしようとするかのように、シェンシェイの分身もシェンシェイと一緒に人々の流れのなかに飛び込んでいくが、やはり同じようにはじき出される。

祭りの行列の後方に神輿とおぼしきものが現われる。

子供たち　（興奮して）踊ってる！　踊ってる！
シェンシェイとシェンシェイの分身は人々の流れにもてあそばれるように踊る。

子供たち　（興奮して）すごい！　すごい！　すごい！

子供たちはオジイとオバアの周辺に群がる。オジイとオバアの上に這い上がったり、車椅子に足をかけたりして、シェンシェイとシェンシェイの分身の踊りを体を揺らしながら眺める。

シェンシェイとシェンシェイの分身は踊りながら、ついに人の流れを開くことに成功し、オジイとオバアのもとにやって来る。その開口部を、シェンシェイとシェンシェイの分身とは反対方向に子供たちが走り抜ける。歓声を上げながら、倒れたままのヨロコビのもとに駆け寄り、彼女を囲んで見下ろす。人々の流れにうがたれた通路はすぐに閉じられ、逆向きに進んでいくふたつの人の列が回復される。
子供たちのひとりがおずおずとヨロコビの体を覆う布をつまんで下を覗き込む。顔を上げて、ほかの子たちと目を合わせる。

子供たち　寝てる？　寝てる？（ヨロコビに）ねえ、起きて！　起きて！

ヨロコビが体を動かす。布がもぞもぞと動く。ゆっくりと布が持ち上がり、ヨロコビは上体を起こす。布の下からヨロコビの手が探るように出てくる。その手に子供たちが触れる。驚いたように手が引っ込む。また手が出てくる。子供たちがその手に触れる。それが何度かくり返される。子供たちが大きな声で笑い出す。ヨロコビの手が誘うように動く。何人かの子供たちが布の下に潜り込む。布の表面が楽しげに波打つ。布の下でヨロコビと子供たちは立ち上がる。布の動きから、その下でヨロコビと子供たちがじゃれあっているのがわかる。布の外にいる子供たちが笑いながら、その布を引っ張り、隠れていたヨロコビと子供たちが姿を現わす。

子供たち どこから来たの？　ねえ、どこから来たの？

ヨロコビは周囲を見渡す。

子供たち （ヨロコビに）どこから来たの？　どこから？

ヨロコビは指さす。どこをさしているのかわからないが、その指の先に神輿があるように見える。

子供1 えー！　あそこから？　あそこから来たの？　（間）もしかして落ちちゃったの？

子供2 待ってたんだよ。

子供3 ずっと待ってたんだよ。

子供たち　（ヨロコビの手を取って）行こう！

音楽がだんだん大きくなっていく。
子供たちに手を引かれたヨロコビは子供たちと一緒に、舞台中央を蛇行する多くの人々の列のなかに入る。ヨロコビたちを中心にして、人の列が舞台中に広がる。そこに村人たちも加わる。みんなが体をそれぞれのリズムで動かしながら思い思いに踊りを繰り広げる。

子供たち　待ってたんだよ。ずっと待ってたんだよ。

音楽が不意に止まる。全員が動きを止める。

子供１　ねえ、名前は？　なんていうの？

音楽が再び流れ始める。そのためヨロコビの返事は誰にも聞こえない。
ヨロコビは内緒話をするように、すぐそばの子供の耳に口をつけて自分の名を告げると、オジイとオバアに向かって走り出す。オジイとオバアのそれぞれに抱きつく。三人はかたく身を寄せ合う。
舞台の真ん中では、ヨロコビの返事を聞いた子供がやはりそばの子供に耳打ちする。その子がまた別の子供に耳打ちする。その耳打ちの輪が広がっていく。

子供1　（目をまん丸にして）ヨ・ロ・コ・ビ！
子供たち　（音楽に負けないように大きな声で叫ぶ）ヨロコビ！　（各自がてんでばらばらに叫ぶので、はっきりとは聞き取れない）

幕

ふるさとの「歓待」

ふるさととはどのようなものなのでしょうか。この言葉を耳にしたとき、どのようなイメージをひとは思い浮かべるのでしょうか。

僕の場合は、リアス式海岸と呼ばれる、海と山とが複雑に入りくんだ海岸線がつくる入り江ぞいにある集落の風景です。とても小さな土地です。小高い山のうえにある墓地からだと、家や畑がぎゅっと身を寄せあっているように見えます。その先の海の切れはし、小さな湾を、陸地はまるでどこにも行かせたくないというように抱きかかえていま す。そのせいでしょうか、この入り江と集落が灰色の雲ですっぽり蓋をされる雨の日はもちろんですが、好天の日であっても、小さな湾のうえに大きく広がる青く澄みわたった空そのものが、山々の緑の壁以上に乗りこえがたく立ちはだかり、集落を閉じこめているように感じられるときがあるのです。

ところが、まさにそうした壁があるゆえに、あの向こうには何があるのだろうかと想像力はいざなわれます――それは、翼を広げ、いま、くの字のかたちに隊列をくんで、湾の上空を行く渡り鳥さながら、山をこえ、どこまでも続く白くかすんだ青い空に吸いこまれていきます。ただし、本能のなかに羅針盤を備えたあの鳥たちとちがって、想像力の道行きはずいぶん不確かなものです。あっちにふらふら、こっちにふらふら。そのあとを追いかける僕のことなどまったく考えずに、好き勝手に飛んでいくのです。

ところで、空を見上げながら、ふと、渡り鳥たちに尋ねてみたくなります。

きみたちのふるさとはどこなの？

渡り鳥の一生は移動の連続です。巣をつくり、卵を産み、ふ化させ、生まれてきたひなたちを育てる土地。それがあの辛抱強い旅人たちのふるさとなのでしょうか。いや、むしろ寒さをしのぐために冬を過ごす土地こそふるさとなのでしょうか。あるいは、その「あいだ」にこそふるさとはあるのでしょうか。つまり、ふたつの土地を行き来するときに、翼を休めるために立ちよるいくつもの土地に。

翼を風でふくらませながら、空こそがわがふるさとと、高らかに歌う鳥もなかにはいるかもしれません。

いや、いや、訪れるところすべてがわがふるさと、と感じている鳥もいるかもしれません。

ふるさとは必ずしも自分が生まれ育った土地でなくてもよいのかもしれません。

数年前のことです。カリブ海に位置するフランスの海外県のひとつ、マルティニークという小さな島を訪れました。尊敬するパトリック・シャモワゾーという作家に会って、話を聞くためです。

そういえば、シャモワゾー（Chamoiseau）という名前には、「鳥」を意味するフランス語の単語オワゾー（oiseau）が入っています。しかしこの「シャム鳥さん」は、どうやら渡り鳥ではないようです。現代フランス文学を代表するといっても過言ではないこの作家は、若いころにフランス本土で学んだ時期をのぞけば、ずっと故郷の島に暮らしています。

すぐれた書き手がそうであるように、シャモワゾーは素晴らしい読み手でもあります。僕は彼の小説を愛読してきましたが、その小説からはもちろん、とりわけ彼が書いたエッセイからは、この作家が世界中の小説家や詩人、哲学者を読んできたことがわかります。彼の文章を読んでいると、そうした書き手たちのそれぞれに独自な多様な声が聞こえてきて、世界そのものがもつ豊かな多様さに思いをはせることができます。

賢人を思わせる顔に、両腕を広げて迎えいれてくれるようなやさしい笑みを目元と口元に浮かべ、シャモワゾーは言います。言葉や時代や場所がちがっても、この世界に対して自分が抱いているのと同じ問題意識や感受性を共有していると感じられるとき、その作家たちは自分の「文学における兄弟姉妹」なのですと。

だから、彼の兄弟姉妹は世界中にいます。もしかすると、いまはこの世にはいない者のほうが多いかもしれません。どうやったら会えるのでしょうか。

いえ、旅をする必要はありません（タイムマシンもありませんし）。簡単なことです。

そうです。読めばいいのです。

読書はすごい乗り物です。同じ場所にとどまりながら、あらゆる時代と場所を旅することができます。だから、このシャム島、シャモワゾーは、小さな島に暮らしながら、同時に世界のさまざまな土地から土地へとつねに飛びまわっているわけです。

そして、それは書くことについても同じだと思うのです。


シャモワゾーは一貫して故郷であるこの小さな島を舞台にした小説を書いてきました。彼に会ったとき、ずっと気になっていた問いを僕は投げかけてみました。

「これからもずっと、あなたの故郷であるマルティニークを舞台にした小説を書くのですか？　ほかの場所を書くつもりはないのですか？」

すると、シャモワゾーはこう答えました――

ひとつの場所にとどまりながらも、そしてどんなところに暮らしていても、作家は世界のあらゆる場所について書くことができる。自分自身の生まれ故郷ではない場所を、行ったことすらない場所ですら、舞台にして書くことができる。そのようにして作家はその場所を、自分自身の場所にすることができる。

ただし自分の場合は、とシャモワゾーは深いまなざしに嬉しそうな光を浮かべてつけ加えました。マルティニークという現実のふるさとと、作品の舞台となる土地とが、たいていくつもりですよ。

シャモワゾーの背後では、かなたの水平線で仲むつまじくまじりあう美しい海と空が、僕にとっては彼の歓待の精神の表われそのもののようなほほえみといっしょにキラキラと輝いていました。

さて、シャモワゾーの言葉にあったとおり、作家はどんな場所についても書くことができるわけですが、この書くことによって作家がつくりだしているのが、「作品」という場所ではないでしょうか。そして、この想像力と、言葉によって生みだされる場所は、作家にとっての居場所、ふるさとにもなっていると思うのです。

作家が書くことによってそのつどつくりだすこのふるさとを、いま僕は「文学のふるさと」と呼んでみたいのです。

すると、興味深いことに気づきます。「文学のふるさと」は、どうやらそれをつくった作家だけの場所ではないようなのです。作家自身の場所でありながら、絶対に彼あるいは彼女だけの場所にはならないのです。この場所は、どうやらそれを読みたいと思い、実際に読むすべての者に開かれているようなのです。

もしも作家が書くことによってあらゆる場所を自分の場所にできるのだとしたら、読者のほうもまた、作家たちのことばがつくりだした「文学のふるさと」を、読むことによって自分自身の場所に、つまり読者自身の「文学のふるさと」にすることができるのです。

現実のふるさととの関係は必ずしも幸福なものとは限りません。ふるさとについて複雑な感情をいだいている人はきっと多いはずです。生まれ育った土地に対して、どうしてもなじめないこともあるでしょう。どうしてこんなところに自分は暮らさなければならないのかと、苦い思いや後悔に日々さいなまれることもあるでしょう。いっこくも早くこんなところから出ていきたいと、嫌悪や憎しみといった激しい感情をいだくこともあるかもしれません。

愛と憎しみ、肯定と否定がわかちがたく入りまじる土地——ふるさととはそもそもそういうものなのだ、という意見もあるでしょう。

とはいえ、ふるさととの関係が個々人の思惑をこえたものに左右されてしまうことがあることも忘れてはいけません。故郷に対する愛着とか違和感といった個人的な感情とはまったく無関係な理由ゆえに、その土地から出ていかなければならない場合がありす。戦禍や迫害から逃れるために、あるいは災害のために、あるいは貧困ゆえに、つまり、ただひたすら生きていくために（なぜならひとは生きなければならないから）、よその土地へと旅立つことを余儀なくされる人たちもいます。

そこにいて心がやすらぐ、気持ちが落ち着く。自分を迎えいれ、居場所を与えてくれる。否定的な感情が心を刺すのではなく、むしろ肯定的な感情が包んでくれる。

——そうした場所こそを「ふるさと」と呼ぼうと決めた者にとっては、ふるさとは自分が生まれ育った場所である必要はありません。

すると、文学とは、そうしたふるさとを読者のためにつくろうとする営みなのだと思えてならないのです。

たとえば、ある小説を読んでいて、われを忘れて読みふけるということがあります。そのとき、読んでいるひとは、いったいどこにいるのでしょうか。この「われ」はいったいどこに忘れられてしまったのでしょうか。現実の世界なのでしょうか。あるいは、その小説の世界の内部なのでしょうか。そのどちらでもないとも言えるし、そのどちらでもあるとも言えます。

ただたしかに言えるのは、そのとき読むひとは、ちょうど遊びに夢中になっている子どものような状態に置かれています。「われ」というものが、なにかに包まれており、しかもその内側もなにかに満たされているということです。そのおかげで、「われ」が何者であるかがどうでもよくなっているのです。つきまとっていた悩みごとや不安も、ちっぽけな「われ」ともどもどこかに忘れさられています。

そう言えば、遊びに夢中になっている幼い子どもは、危ういほどに、幸せそうに見えます。「危うい」というのは、そのとき子どもは世界に完全に無防備にさらされているからです。なのに、まったく安心しきって世界に対してその身をまかせきっています。その様子を見ていると、こちらまで幸せな気持ちになってきます。遊ぶ子どもたちを見守る——そのとき、たしかに僕たちの視線は子どもたちの動きを追っている、というよりは、包みこんでいます——僕たちは、やさしさ、あたたかさ、肯定的で受容的なものに包まれると同時に満たされてもいます。ちょうど、読書に没頭しているときと同じように。

世界の外側からこちらに流れこんでくるものと、自分の内側からあふれ出すものが、分かちがたく混じりあいます。外と内の境目が消えてしまいます。「われ」がなくなってしまうのは、そのせいかもしれません。自分の居場所がどこなのか考えないですむくらいまるごと受けいれられていると言ってもいいかもしれません。

現実のふるさとに関して言うと、自分の生まれ育った場所を舞台にいくつかの作品を書いてきた僕には、九州は大分県南部のリアス式海岸の小さな土地のほかに、「ふるさと」と呼べる場所が、もうひとつあります。

それは、フランスのオルレアンという街にあります。ロワール川のほど近くに位置する、クロード・ムシャールとエレーヌ・ムシャール゠ゼの家です。全体的にくすんだ色調で覆われた、ややさびしげな印象のチュデル通りに面したその家には、とても大きな

中庭があります。そこには、さくらんぼやりんごやすももなどの果樹が植えられていま
す。春になるとそうした木々も美しい花を咲かせますが、なによりも忘れがたいのは、
薄いピンク味をおびた白い大きな花弁の花をたくさん咲かせるマグノリアの大木です。

フランスに暮らしていたとき、僕はその家に、五年近く住むことになりました。

クロードは僕が在籍していた大学の文学部の教授でした。でも、僕の先生ではありま
せんでした。留学をはじめて間もなく、パリで開催されたある国際シンポジウムで親し
くなったのです。僕は大学院生として、会場でマイクを運ぶ係をしていました。

シンポジウムの終了後のレセプションでのことです。その日も、前日と同様に、いく
つものセッションを通して、ほとんどすべての発表者に対しても挙手をして早口で質問
かコメントをしていた——だからひなに餌を運ぶ母鳥さながら僕がたえずマイクを運ん
でいた——小柄でやせた教授が、僕にすたすたと近づいてくると、こう尋ねました。

「マイクをずっと持ってたのに、なぜきみは発言しなかったの？」

とまどいながらも僕は、その人のやさしいまなざしに迎えいれられている気がして、
とっさに冗談めかして答えました。

「だって馬鹿だからです」

すると、クロードは青い瞳を嬉しそうに輝かせ、笑いながら言いました。

「僕もそうなんだよ！」

この年上の馬鹿（クロード）の誘いで、年下の馬鹿（僕）は、彼といっしょに日本の

現代詩を翻訳することになったのでした。その翻訳の共同作業のために、ふたりの息子たちはすでに巣立ち、彼と妻のエレーヌがふたりで暮らすオルレアンの家をしょっちゅう訪れることになりました。そして僕は、クロードが文学研究者にとどまらず、詩人であり、批評家であり、翻訳者でもあることを知ったのです。呼吸をするように、文学や音楽、美術について話をしてくれます。話題の多様さ、深さ、そして真剣で楽しい語り口！　僕は時間を忘れて彼の言葉に聴きいりました。気づけば、ふたりの家とつながるチュデル通りに面した三階建ての建物の一室に暮らすようになっていました。

毎朝、僕は自室からクロードとエレーヌの家に降りていき、青と白のチェッカー模様のタイル板が天板としてはめられた大きなテーブルが真ん中にどんと置かれた台所で食事をしました。ふたりはラジオのニュースを聞きながら、そして新聞をめくりながら静かに会話しています。

いま考えると、すごく不思議な状況です。朝の家庭の団らんに赤の他人（しかも外国人！）がまじっているのです。でも、ふたりは僕がそこにいてもけっしていやな顔をせず、むしろ会話の内容に僕がついていけるように、ときどき説明してくれながら、話を続けます。それが実に自然なのです。

クロードとエレーヌは、僕を家族の一員のように受けいれてくれました。

休暇やクリスマスのときに彼らのふたりの息子たちが帰省するときにも、週末に友人たちを招く際にも、そこにはかならず僕のための席もありました。お客をもてなすために、台所で料理を準備するエレーヌ、お菓子を焼くクロードの手伝いをするのは、そこには笑いに満ちた会話がつねにありましたから、いつもとても楽しい時間でした。

そのうち、僕にはこのマグノリアの庭のある家が自分のうちのように感じられるようになっていきました。そして、日々クロードとエレーヌと話をしながら、ふたりのこのうちを、「わが家」のように感じているのは、きっと僕だけではないと確信するようになりました。

僕が長い留学をついに終えて、ふたりの家をあとにするのと入れちがいになるように、僕が暮らしていた部屋には、スーダンからの難民の男性が住むようになっていました。

僕が彼と出会ったのは、日本に帰国してからのことです。東京にある大学で働くようになっていた僕が、クロードとエレーヌのところを久しぶりに再訪したとき、彼を紹介されたのです。でも、はじめてという感じはしませんでした。電話やメールで彼のことはよく聞かされていましたし、僕がいた部屋に暮らしているのだと知ると親しみもわきます。それに、クロードとエレーヌが彼とはじめて出会った日のことを僕はよく覚えています――

しばらく前から、ロワール川のほとりの放置された小屋に、難民とおぼしきひとたちが生活をしている。どうやら病人がいるようだ……。

そのニュースを、親しくしていた全国紙のオルレアン支局の記者から聞いたクロードとエレーヌは、記者とともに難民たちのところを訪れ、病人をクリニックに連れていきました。その病人のひとりが、スーダンから来た彼だったのです……。

それからしばらくして、クロードは街なかで彼の姿を見かけるようになります。心配になって、ある日様子を尋ねてみると、難民の一時収容施設で暮らしたあとは行き場もなく、路上生活をしているというのです。彼の苦境を見かねたクロードとエレーヌは、そこで僕が帰国して空いたままになっていた部屋を提供したのです。

無償で住む場所を与えてもらっている。そのことに、僕よりも少し若い彼は、申し訳ないと感じているようでした。

彼のそんな気持ちがよくわかったのでしょう。クロードは彼が引け目や負い目を感じないように、つねに対等の関係であろうと配慮していました。冗談まじりに彼に話しかけ、彼もまたクロードをからかう、そんな気の置けない関係が次第にふたりのあいだに築かれるようになっていました。

クロードはよく、マグノリアの庭の手入れや建物の修繕を彼にお願いしていました。

頼りにしているよ。ありがとう。

そんなときの彼は本当に嬉しそうでした。いつもは暗く沈みがちな目に光が戻り、全身から喜びが感じられました。

僕は思いました。

ひとは一方的にあたえられるだけでは幸せになれない。あたえることに大きな喜びを感じる生き物なのだ。そして、あたえられればあたえられるほど、自分もまたひとにあたえたいと強く願うものなのだ、と。

クロードとエレーヌをそばで見ていて思いました。難民のような状況に置かれたひとに比べたら、僕たちはたしかに多くの自由に恵まれています。でも、僕たちのその自由のうちに、自由を制限されたり奪われたりしている他人のために使われる場所、「余地」がなければ──そして、たとえ、ふたりのように現実に行動を起こすことができなくとも、せめて自由な僕たちの心のうちに、自由から遠ざけられた他人のことを考え、その境遇を想像する「余地」がなければ──、僕たちは真の意味で自由とは言えないのではないか、と。

スーダンから来た彼はのちに心臓の病で突然この世を去ることになります。危険な地域から身ひとつで逃れ、貨物船の船倉に身をひそめて地中海を渡り、オルレアンにたどりつくまでの苛酷な旅路。そしてクロードとエレーヌの助力をえて、何度も申請するけれど、けっして難民として認定はされず、将来の見通しのまったく立たない不安な生活。そうしたすべてが彼の心臓にとうてい耐えがたい負担を強いていたとは言えないでしょうか。フランスでは、滞在許可証がない以上、働くことも許されません。他人の好意にすがって生きるしかない人生。

こんなの生きていることにならない……。

そう暗い表情で彼がつぶやくのを、クロードは何度も聞いたそうです。

スーダンには戻ることもできない。しかしフランスは受けいれてくれない。その彼がたとえ一時的であれ、心と体を休め、生の実感を取り戻すことができる場所。彼のために「ふるさと」をクロードとエレーヌはつくろうとしたのです。あのマグノリアの庭のある家が、彼にとってそのような場所になったと僕は信じています。彼は故郷の家族や近しい友人たちにクロードとエレーヌのことを語るときには、いつも「フランスのお父さんとお母さん」と呼んでいたそうです。

クロードとエレーヌが結婚してから半世紀近く生活し、ふたりの息子を育てた、オルレアンのこのマグノリアの庭のある家がふるさとになったのは、僕とスーダンから来た彼だけではないようなのです。

ふたりの家には、僕ら以前に、移民や難民たちが暮らしてきたのです。

コートジボワールからの貧しい移民の男性、クメール・ルージュの殺戮を命からがら逃れてきたカンボジア人男性、イラン・イラク戦争のさいに、少年兵として戦場に送り込まれそうになったイラン人の兄弟。そうしたそれぞれに苛酷な状況に追いやられたひとたちを、クロードとエレーヌは自宅に受けいれてきたのでした。

そうしたひとたちが、目には見えないけれど確実に足跡を残していった——そしてたぶん同時に、不安や悲しみをまさに荷をおろすように置いていったこの家の歴史＝物語に耳を傾けながら、僕は思ったものです。

もしも文学というものが、読む者を受けいれ、その居場所をつくるものであるとしたら、クロードとエレーヌのこの家は、文学そのものではないだろうか、と。

クロードとエレーヌの家のことを考えるときに、僕の脳裏にすっと浮かぶのは、中庭のマグノリアの木です。美しい花が散ったあと、夏を招きいれようとするかのように、緑の葉を茂らせ、大きな枝を広げます。心地よい木陰に、ひとを迎えいれ、気持ちを鎮めてくれるこのマグノリアの木は、僕にとっては、受容や寛容を象徴するものです。この木を植えたのが、以前はペンキ工場でほとんどあばら屋も同然だったこの建物に引っ越してきた若い夫婦、クロードとエレーヌだったことを知っているがゆえに、その思いは強くなります。

しかし、若いふたりがこの家をすみかとして選んだのは、ふたりのその後の人生を考えるときにけっして偶然ではないように感じられるのです。

ふたりの家のあるチュデル通り界隈は、二〇世紀の前半に起きたスペイン内戦の際、フランコ将軍の支配を逃れてやって来た難民たちがたくさん住んでいた地区でした。

いずれクロードとエレーヌが引っ越してくることになるこの建物には、その当時——

つまりまだ中庭にマグノリアの木がなかったころ、そうしたスペインからの難民たちが身を寄せ合うように暮らしていたのだそうです。

ある日、クロードが僕に教えてくれました。

ほら、居間の暖炉の前の板石にはひびが入っているだろう？　冬に寒くて外に出られなかったスペインからの難民たちが、暖をとるために、あたりからかき集めてきた木の枝や板きれを、暖炉のすぐ前のところで斧で割ってたんだね。これはね、そのときにできたひびなんだよ。難民たちが家に残していった傷跡だね。

そこに暮らすようになったクロードとエレーヌは、この傷跡の呼びかけをたしかに感じとっていたとは言えないでしょうか。

ふたりが住みはじめるずっと前に、そこに避難場所を求めてきたひとたちのことを忘れないこと。ふるさとを奪われた者たちを迎えいれ、居場所をあたえたこの場所の本質的なありように忠実であること。ふたりの生き方にはそんなところがあるように思うのです。まだクロードの腰のあたりくらいまでしかなかった幼木のころから、クロードの家族が歓待してきたさまざまなひとびと（そこには学者や文学者や芸術家や学生もいれば、移民や難民のひとたちもいます。もちろん僕も）に、心地よい木陰を提供できるほど大きく成長するに至った現在にいたるまで、この家をずっと見守ってきたマグノリアの木に尋ねてみれば、きっと僕の考えに同意してくれるはずです。

クロードとエレーヌのマグノリアの中庭のあるこの家は、僕にとってもちろん「文学のふるさと」でもあります。そして、本作『ヨロコビ・ムカエル？』もまた、僕がこれまで書いてきた小説と同様に、このふるさとに――クロードとエレーヌの家で過ごした日々のなかで受け取ったものに、まちがいなく、その多くを負っています。

マグノリアの庭のあるあの家が体現している精神を言い表わすとすると、それは「歓待」の精神ということになるでしょう。

ふるさとを失ったひとたちを、この家に迎えいれるクロードとエレーヌの仕草はあまりにも自然なので、その様子に触れていた、というより触れられていた僕は、新しいふるさとを探すことになってさまようことになったひとたちに手をさしのべる、それが不可能なら、せめて配慮や注意を傾けることは、人間にとって自然なことなのかもしれないと感じるようになっていました。つまり、そういうひとたちのために現実に場所をつくろうとし、それができないなら、せめて心にそのひとたちの場所をつねに用意しようとすることは、人間の本能なのかもしれない、と。

何を楽観的なことを言っているんだ、人間の本能はむしろ逆に働くのではないか、おまえの目は節穴か！　そんな疑念の声が僕のなかで響かないわけでもないです。よそからやって来る者たちを、自分たちのふるさとの秩序や平穏を乱す侵入者として厭い、忌避し、ときに敵として排除することのほうが、悲しいけれど、人間の一般的な性質であり態度ではないのか。二〇一五年以降にヨーロッパの各地で生じている「難民危機」と呼ばれる現象を考えるとき、その不安は募ります。

本作『ヨロコビ・ムカエル？』を書いたあと、この難民問題に関して小さな――しかし、その問いかけの深さにおいてとても重要だと思える本[*]――『どうなろうとも渡っていく』――に出会いました。これは、フランスの哲学者・美術史家のジョルジュ・ディディ＝ユベルマンが、ニキ・ジャナリというテッサロニキで人道支援に携わるギリシャ人女性と連名で二〇一七年に刊行したものです。安全な暮らしを求めてヨーロッパをめざしながらもマケドニアとの国境が閉じられたためにギリシャのイドメニに足どめされた、シリアやクルドやアフガニスタンからの難民たちを撮ったドキュメンタリー映像作品『幽霊たちがヨーロッパに取り憑いている』（監督マリア・クルクタ、ニキ・ジャナリ、二〇一六年）を、とりわけ作品のなかで朗読されるニキ・ジャナリの詩を論じながら、ディディ＝ユベルマンは難民に対するひとびとの否定的な態度の原因について興味深い考察を展開しています。

タイトルが示唆するように、このドキュメンタリー映画において、難民たちは幽霊になぞらえられています。では、難民と幽霊の共通点はなんなのでしょうか。

* Georges Didi-Huberman, Niki Giannari, *Passer, quoi qu'il en coûte*, Paris: Minuit, 2017.

ディディ＝ユベルマンによれば、それは両者ともに「戻ってくる」存在だという点です。定住者たちが、遠い土地から渡ってくる者たち、つまり難民たちを、押し寄せてくる不気味な存在、よそ者、侵入者とみなして嫌悪したり敵視したりするのは、まさにこの幽霊たちが、定住者たちがおのれの奥底に押し隠した不都合な真実とともに戻ってくるからです。そして僕たちが思い出したくないその真実とは、まさしく「わたしたちはみな移民の子どもであり、移民とはまさに戻ってきたわたしたちの親類にほかならない」という事実なのです。それゆえ、ある土地に結びつく絶対的で純粋なアイデンティティなどは存在しないし、どんな国、どんな地域、どんな町、どんな村であれ、そこに暮らすのは、単一の民ではなく、複数の民なのだ、とディディ＝ユベルマンは指摘します。

難民たちが得体の知れない存在だと感じられるのは、どこから来たのかも定かではないその「よそ者」が、実は、わたしたち自身の「親類」であり、「先祖」であるからだということになります。戻ってきた者たち＝難民たちは、彼ら・彼女らに出会う者たちに、それまで途切れのない純粋なものだと信じて疑いもしなかった自分たちの系譜のなかには、つねに異質なもの、他なるものが混じっていたという居心地の悪い真実を突きつけます。難民たちは、僕たちがそうであったかもしれないし、そうなるかもしれないという意味で、僕たちの「分身」でもあります。すると、難民に対して国境を閉ざすことは、共同体の領土の「外」に、そして同時に、僕たちの意識の「外」へ、僕たち自身を追放することになるのかもしれません。

不気味なものとは、僕たちにとってまったく未知なものではなく、なじみ深い、慣れ親しんだものだと説いたのは、精神分析の父フロイトです。抑圧されていた親しみ深いものが回帰するとき、ひとはそれを不気味だと感じるというのです。

幽霊というのは、たしかに僕たちに不都合な真実とともに、そうした真実そのものとして、僕たちのもとに戻ってきます。しかし、戻ってきた幽霊たち、つまりは僕たちの分身たちが突きつけてくるこの真実を、目をそらすことなくまっすぐに見つめることができるひとたち——もちろん、僕はすぐにクロードやエレーヌを思い浮かべます——もまた、この世界には確実に存在します。そういうひとたちは、なじみ深いものが抑圧を解かれて戻ってくることに、不気味さよりもむしろなつかしさを覚えるのかもしれません。よりよき生活を求めて渡り鳥のように移動を続けていた祖先の姿をそこに見いだし、このひとたちに憩いの場——僕にとってはマグノリアの庭はまさにそのような場所です——をあたえたいと、両手を広げて待っているのです。

もしかしたら、歓待——そういえば、この表現は、「歓びを待つ」と読めます——とは、不気味さよりも、人間のもっと深いところにある感情なのかもしれません。

人間の歴史をとことんさかのぼれば、どんな土地でも空白地帯だったはずです。そのいわば何もないところに、どこからかひとびとが渡り鳥のようにやって来て、集落が、村が、町が生まれます。そこで世代が再生され、ふるさとというものが生まれます。時間をかけて、その土地に固有の歴史と文化がつくられていきます。

僕は夢想するのです。ある土地に住んでいる僕たちが、よそから来たひとに親切にしたい、そのひとたちを歓待したいと思うことがあるとすれば、それは、その何もないところに最初に移り住んだときに、僕たちの祖先が感じていたにちがいない不安や恐怖が、僕たちのーーＤＮＡでも集合的な無意識でもいいですがーー身体に組み込まれているからかもしれない、と。

この作品では、自分たちの土地、つまりふるさとの地で、聖なる神輿の行列が通るのを待っているひとたちと、その反対に、ふるさととなるべき土地を探している、つまりもともとのふるさとを喪失したとおぼしきひとたちが登場します。その両者をつなぐのが、主人公のヨロコビという少女であり、車椅子の老夫婦オジイとオバアであり、鬼の面をかぶったシェンシェイです。

それぞれの登場人物には分身が存在します。分身が示すのは、「二」という数字が体現する素朴な真実ですーーそれが単数ではなく、複数であるということです。一見、「一」に見えるものは、つねに「複数」のものから、自分であって自分ではないものから構成されています。分身は、それぞれの人物の無意識や、そうであったかもしれない過去が象徴化されたものかもしれません。ふるさとを失ったひとがふるさとを求めるように、ふるさとに暮らすひとはふるさとを奪われたひとに思いを馳せます。

喜びがあるのは悲しみがあるからです。自分たちにとって晴れがましく、崇高で、栄誉に感じられるものを受けいれるのは簡単です。しかし、自分たちにとって苛酷で不都合な現実や、受けいれがたい過去を、僕たちはまっすぐに受けとめ、未来につないでいくことができるでしょうか。それが自分であってもおかしくない困難に置かれたひとびとを、僕たちは歓びとともに迎えることができるでしょうか。そうした問いが、ひとつのコミュニティーにはどんなときにも問われていると思うのです。

あとがき

この作品は、「第三十三回国民文化祭・おおいた2018、第十八回全国障害者芸術・文化祭おおいた大会」のオープニングステージの脚本として書かれたものです。大分県より執筆依頼を受けたとき、正直なところ戸惑いました。

戯曲を書いたことが一度もなかったからではありません。そもそも戯曲を書いてほしいと言われたわけではないのです。それにもとづいて舞台をつくることができるテクストを書いてほしいと打診されたのでした。そこには、小説でも詩でもかまわない、演出家が解釈して上演するから、という含意があったように思います。

だから問題は、戯曲が僕にとって未知の文学形式だということ以上に、依頼を受けたその瞬間に、大分という土地が僕にとって未知の土地だと気づいたことです（だったら引き受けなきゃいいのに……）。たしかに、僕は小説家として、自分の出身地である大分県南部のリアス式海岸の土地を舞台にした小説を書いてきました。しかし県のそれ以外の地域については、ほとんど知りませんでした。

もちろん、本や資料を読むことで、大分県の文化や歴史について学ぶことはできます。

しかし、これまで小説を書いてきた経験からして、ある土地を実際に訪れて、風景とそのなかで暮らすひとびとを肌で感じることが、創作において、かりに不可欠ではないにせよ、とても重要な役割を果たしているという実感がありました。

そこで、大分県にご協力をいただき、県内のさまざまな地域を訪れ、歴史・文化遺産の維持や土地の記憶の伝承に関わっておられる方々から話をうかがう機会をいただきました。どの場所でもよき出会いに恵まれ、実に楽しく、忘れがたい時間を過ごすことができました。

取材を通して、予想していたことをそのつど確認することになりました。つまり、どの土地もユニークで、たがいにまったくちがうのです。

大分は歴史的に小藩分立の土地です（現在の大分県に相当する地域に、幕末には八藩七領が存在したそうです）。どの土地にも、美しい風景があります。どこに行っても食べ物はおいしい。それに、日本一の「おんせん県」ということですから、いたるところ温泉があります（といっても、残念ながら僕のふるさとの県南では温泉は出ないのですが……）。

取材するたびに、心を打たれたのが、出会ったみなさんのやさしさ寛大さでした。限られた時間でしたが、惜しみなく知識と経験を分け与えていただきました。そのようなひととの出会いを通して、大分っていいところだな、と嬉しくなりました。

せっかく大分が舞台となる国民文化祭と全国障害者芸術・文化祭で作品を書く機会をいただいたのですから、できれば、「大分らしさ」というものが感じ取られるような作品を書きたいと思いました。

しかし、「大分らしさ」なるものが簡単に抽出できるほど、現実はわかりやすく平板なものではありません。調べれば調べるほど多様さに満ち、「前」を見ても「後ろ」を見ても豊かな大分（大分県に相当する地域はかつて「豊前」と「豊後」と呼ばれていました）を題材に何が書けるのだろうかと頭を抱えることになりました。なんらかの「らしさ」などでひとくくりにできないくらい豊かだということです。

あるとき、気づいたのです。もしもあえて「大分らしさ」と呼べるようなものがあるとしたら、それは、たがいに異なる個々の土地が持つ個性や魅力の、ゆるやかな「つながり」であり、その「包容力」なのではないか、と。

なるほど、そのような土地は大分に限らず、日本の、世界のいたるところにあるはずです。しかし、僕にとって重要だったのは、ほかならぬ大分の各地を訪れることで、このような実感が得られたということなのです。

そして大分が僕に発見させてくれたもので、いちばん大きなものは、僕が行く先々で包まれるのを感じた「歓待」の精神です。どこでもあたたかくおおらかに遇していただきました。個々のお名前は申し上げませんが、取材を通して出会った大分のみなさんに心から感謝申し上げます。本当にありがとうございました。

本作『ヨロコビ・ムカエル？』には、具体的に大分の土地や文化・歴史を想起させる事柄はいっさい出てきません。作品の舞台は大分ではないかもしれませんが、これは大分という土地の支えがなければけっして書かれなかった作品です。風景に抱擁されながら、そしてひとびとと言葉を交わしあいながら、受け取ったものが、作品のなかで息づいていることを祈るばかりです。

執筆のための取材をはじめ、本作を準備する上で、大分県国民文化祭・障害者芸術文化祭局のみなさんにたいへんお世話になりました。局長の土谷晴美さんからは、つねに力強く心のこもった励ましをいただきました。同局の秋月久美さん、高木広之さん、都留徹也さん、但馬未紗さんも、実に細やかていねいにサポートしてくださいました。いまは同局を離れられましたが、二〇一六年の秋からの取材に同行してくださった小野猛さんには、とりわけ感謝しています。僕より少し年上で、県北の国東出身の小野さんと、車中で、訪問先での出来事を振り返りながら、大分の土地と人について語りあったのは、とても楽しく貴重な時間でした。

僕の胸から取り出した感謝の念を大切に両手にのせて、振付家の穴井豪さんにそっと差し出します。演出家である穴井さんには、どこかの作家がなかなか作品を書き終わらないために、ずいぶんご迷惑をおかけすることになりました。とはいえ、作品をめぐる打ち合わせの席で、才能と情熱に溢れ、謙虚で篤実な人柄の穴井さんから直接演出プランを聞かせてもらうことは、僕にとってつねに大きな喜びでした。印刷資料や映像資料を指し示しながら、あるいは、紙の上にさっとデッサンを描きながら語っている穴井さんが、ふと手や腕や上体を動かす――そのとき、彼の鍛え上げられた身体の何気ない、しかし美しい所作から、僕などには思いも寄らなかったイメージが立ち上がってくるのです。

穴井さん演出の『ヨロコビ・ムカエル？』は、二〇一八年一〇月六日に大分市の芸術文化ゾーンで上演されます。この舞台には、大分県内から三〇〇人を超える県民の方たちが参加してくださることになっています。そうしたみなさんと一緒に、穴井さんがこの作品からいったいどのような舞台をつくり上げてくださるのか、いまからワクワクしています。

『ヨロコビ・ムカエル？』がこうして一冊の本となって白水社から刊行されることは、僕にとって本当に幸せなことです。僕が自分にとって大切なふたつのふるさと――大分の「浦」と、フランスのオルレアンに暮らすクロードとエレーヌの「マグノリアの庭」――をめぐって書いたエッセイ集『浦からマグノリアの庭へ』を刊行してくれたのが白水社でした。『ヨロコビ・ムカエル？』の書籍化にご尽力くださった同社営業部の小山英俊さんと編集部の和久田頼男さんに深く感謝します。

そして、本書の実現にあたって惜しむことなく献身的なサポートをしてくださった三人――編集者の郷雅之さん、校正者の阿部真吾さん、そしてブックデザイナーの仁木順平さん――に心からお礼を申し上げます。

この小さな作品が、読者のみなさんのもとにヨロコビとともに迎えられることを祈りつつ——

二〇一八年七月
小野正嗣

著者略歴

小野正嗣

（おの・まさつぐ）

1970年、大分県生まれ。小説家、仏語文学研究者。現在、立教大学文学部文学科文芸・思想専修教授、放送大学客員教授。2001年、「水に埋もれる墓」で朝日新人文学賞、2002年、『にぎやかな湾に背負われた船』（朝日新聞出版）で三島由紀夫賞、2015年、『九年前の祈り』（講談社）で芥川龍之介賞受賞。エッセイ集に『浦からマグノリアの庭へ』（白水社）、訳書にV・S・ナイポール『ミゲル・ストリート』（小沢自然との共訳、岩波書店）、ポール・ニザン『アデン・アラビア』（河出書房新社）、アキール・シャルマ『ファミリー・ライフ』（新潮社）ほか多数。

ヨロコビ・ムカエル?

2018年8月20日　印刷
2018年9月5日　発行

著者　小野正嗣(おのまさつぐ)

発行者　及川直志
発行所　株式会社　白水社
〒101-0052　東京都千代田区神田小川町3-24
電話 03-3291-7811(営業部)、7821(編集部)
www.hakusuisha.co.jp
振替　00190-5-33228
乱丁・落丁本は送料小社負担にてお取り替えいたします。

印刷所　株式会社精興社
製本所　株式会社誠製本

Printed in Japan
ISBN 978-4-560-09419-8

新訳 ベケット戯曲全集 全4巻

【監修】 岡室美奈子、長島確

【訳】 岡室美奈子、小野正嗣、木内久美子、久米宗隆、鈴木哲平、長島確、西村和泉

1 ゴドーを待ちながら／エンドゲーム（既刊）

2 ハッピーデイズ――実験演劇集（続刊）

3 フィルム――ラジオ・映画・テレビ作品集（仮題・続刊）

4 エレウテリア（仮題・続刊）

2018年9月現在